文庫版

塚本邦雄

Kunio Tsukamoto

全歌集

第五巻

庫

目次

歌人

豹變

詩歌變

歌人

歌人
一九八二年十月二十日
花曜社
菊判　貼函附
丸背　二〇〇頁
装釘　政田岑生

I　今日こそ和歌

詩歌變

反・反歌論草《さう》せむとして夏雲の帶ぶるむらさきを怖れそめつ

柔道三段望月《もちづき》兵《ひやう》衞《ゑ》明眸にして皓齒《かうし》一枚を缺きたり

昨日こそ和歌ほろびしかゆふつかたゆふすげの濃き一花《いちげ》に對《むか》ふ

動脈を白葡萄酒がさかのぼりゆく夕光《ゆふかげ》の二年目の逢ひ

ポプルス・エウプラティカ、琴懸柳《ことかけやなぎ》てふきららかに志の刃こぼれ

少女を嫁がしめたり塵芥《ごみ》の山燒きてのこりける黑こげの蠅叩き

欅伐らば次なに賣らむ　終末に殘るは石榴石《ざくろいし》かたましひか

一太郎二姫を欲りす濱木綿の花ふるふると外にめくれて

彌撒《ミサ》始まるとびらほそめにひらきたりなにゆゑに薄荷の香は洩るる

こころ淺くして六月の花楓あまたをやみに散らしめにける

ものいへば齒の金冠の冷ゆるにも七月の山上の初戀

岬の果てに短軀の漁夫の鬚面《ひげつつら》手づかみのうつくしき鰆よ

息子不惑とならばあとなきよろこびの氷砂糖のかけらの虹

こと志に添ひつつとまどへりある日つゆけき言葉「七騎落」
磊落に洟《はな》かむことも霜月のよすが戦艦「安藝」の悪友
たまきはるいのちの螢《ほたる》烏賊《いか》ともる越前の海、戀は世の外
枯木星あたたかくして母よりも父の名先に忘らるるかな
二月の風死にたりければ泪湧く李花和歌集の巻軸に「星」
冬の芥子《けし》ひらかむとして鮮黄のみだれみだるるばかりショパンよ
朱の硯洗はむとしてまなことづわが墓建てらるる日も雪か
西行忌笑殺せむに長沓の土不踏《つちふまず》凍雪を嚙みをる

辛夷《こぶし》の芽錐をふふめりこころざし枉《ま》げて吟遊詩人と呼ばる

宿題は綠の薔薇の花式圖と父が身投ぐるまでのいきさつ

蘇枋散りたまれるにはたづみまたぎつつさむしこの友いつより敵

死後にも五月あらば初めて訪《と》はむ町「桐生」われ憎みし人「桐生」

浮き沈みしつつ銀婚さやさやと樅の梢《うれ》三階にとどきし

梅雨夕映紅《べに》の諸相をつくしけるままに鶸の餌買ひそびれたり

黄道周遊記

六月水のごとくに來る　赤外線照射室の扉《と》押す聖・農夫

夏あきらかに翡翠が歩《あり》く夕星《ゆふづつ》の息ひそめたるその水の上

花樗《はなあふち》九分九厘散りたちまちに敗戰のはつなつが目の前

悲しみ眞似《まぬ》るべくもあらぬを青嵐過ぎて熟鮓《なれずし》の香の家妻

百合の木の花明りして日日《にちにち》に細るわれよりも美食の禽《とり》

ブリア＝サヴァラン傳《でん》、槍烏賊の身に殘る墨あかときの夕顔の香よ

はたと片陰にてゆきあひしひとの妻と干鰈《ひがれひ》のこと西行のこと

死後のさきはひあれ父の墓母の墓白茅《ちがや》刈りはらはれてはだかに

午睡の刻をまがりくねりて杏《からもも》の町も酷暑におとろへたり

「芍薬寺院」よりあらはれて俳優の紺青の下半身ただよへる

艦隊勤務のむかしの四肢のうすあぶらへ海ゆかばわがきらめくかばね

シャルル・ルイ・フィリップほかに曇天のさびしさは馬車の荷の青梅

男には男の酒色　事もあらうに一夜《いちや》豪雨のなかの罌粟の實

孔雀めざめたり群青の花よりも輕く一瞬虚空にあそび

白露《しらつゆ》にてのひらおもし戰陣訓ひろひよみする不良少年

金婚までにいづれか果つる問はざれど眞晝花野に肝膽さむし

スカンディナヴィアはこの世か目の中に億の針零《ふ》る沖の夕映

哭く子に勝てりこの褐色の若き父茗荷のかたはらの水うまし

つゆじものあと一抹の蒼のこるわかわかし落第生杜松《ねず》貴兵衛《きへゑ》

わが命名のほかは數へず鮮紅の一樹の楓こころに消す

茄子紺の旅行鞄を鋪道までならべて鞄商の霜月

冬の虹の脚の灰色かたことの馬太《マタイ》傳《でん》復活の章めぐり來ず

聯立方程式のまぼろし寒林の遙かにて麥藁色の燈ともる

針魚《さより》の腸《わた》ほのかににがしつひにしてわれに窈窕たる少女《をとめ》無き

水仙蒼きつぼみつらねて劍道部反省會のしじまおそろし

ドン・ホセ＝リッザラベンゴア引かれあたたかき星が巽《たつみ》の空に加はる

籠《こ》の雲雀するどきこゑにあらそふを見ずて驅け拔けたり麥少女《むぎをとめ》

百千の齒車の色虹彩をおび時計店春より夏へ

茄子苗賣《なすびなへ》られゐたりしそれ以後の記憶絶え母三十回忌

輕羅の旅三日晝食《ひるげ》の葛切に戀冷めの身のただよふごとし

蠅の王わが食卓の一椀の毒ほのかなる醍醐を狙ふ

母の母が生れしと聞く六月の海鳥の名を持つ無人驛

人一人ほろぼすすべを講じたるなり鷹の爪夕燒《ゆやけ》に紛る

杏仁傳說

アルベニスの「赤き塔」聴くあさぼらけ耳翼《じよく》てふひややかなるつばさ

六郎と七郎と夏ゆふぐれに立つ　火星への梯子は一つ

紺の嵐絲杉の梢《うれ》よりいたる大津皇子の死後も奔る脚

杉の梢星を放てり人にあるわれやこの世に何を放たむ

酒樽の箍《たが》のさみどり善人に過ぎざりし父の死後の初夏

鮎の香の少女はわれにゆかりなしうしろより袈裟がけのいなづま

またの日に命ながらへ朝顏の緋に夏風邪の咳つのるべし

花の名の老女訪ね來《く》かけらほど青空のこす大き曇り日

火事跡に消火夫と肩觸れて立つかぎろへど何か何か言はねば

葉隱りに枇杷くさりつつ　聽香《ちやうかう》の師を訪ふいづれ男ばかり

姉あはれなり緋ダリアのかたはらに「先に行く」傳言をのこして

カパドキア史を古書市《こしよいち》に漁りをる美貌にて父たりし過去なし

何に溺れてただうらうらと夏の父や篳篥《ひちりき》の孔九つ昏し

旅の惡友ねむりたらひし目をほそめ眞晝を孔雀明王のごとし

レオナルド傳新刊のなまぐさし今宵薄紅葉の中行けば

父同士にて謀りゐる一大事とか射干玉《ぬばたま》の不意にきらめく

晩夏臙脂の光の中に渇きつつおもふなんぢをあやむること

眞空の色の杏仁水一壜いまいづくにか落雷ありし

祭果てて朝なまぐさき散紅葉綿菓子賣りが荷をしまひゐる

紫苑《しをん》のうへの夜空晝空ひだるさを戀にたぐへしますらをありき

私淑とは師に遠離《とほざか》る口實のひとつ　天邊《てつぺん》に棗熟れをり

霜月の風しろがねに標本の風鳥かすかなる屍臭あり

眞珠婚式　はるかなるうすらひのひつぢ田に七顚八倒の鴫

日に一分おくるる時計懐中になつかしや　玉霰はらぐ
冬日《ふゆひ》の獏《ばく》あはれほほゑむわが家族とほざかりつつ記憶の外
植木職百日紅をさいなめるかたはらを過ぐわが祖は墓守
罪ふかくして短日に目つむればわれをおとづれこし寒牡丹
岐阜市初音町はいづこぞきさらぎの衄血《はなぢ》したたる兄弟喧嘩
秋篠に二月きたりて伎藝天あるときは藤いろのみみたぶ
禁慾のゆゑよし問はず　早春のくりやに海鞘《ほや》の夕霞いろ
超現實派宣言　父はおろおろと四十路の坂に薔薇提げて立つ

春の蚊にひたひ刺されてさしぐむや荒寥として五十路越えける

數の子くらひつつ箸ふるへやまざりき一塋域《いちえいゐき》に立つ墓の數

青鳥變

夏至はこころの重心ゆらぐ「わたつみのいろこの宮」の切手舌の上へ

茄子の花紫紺にうるむおとうとを一人の敵に擬しそめしかば

日雷《ひがみなり》　去りたるあとは末裔と蕗煮かへす香のみのふるさと

夏の鷹鼻梁するどしわが狙ひゐる領域の詩の眞上にて

何に飢うるそのかなしみぞ壯年の一人生きざま破墨《はぼく》のごとし

石榴咲ききはまれり砲兵にて果てし従弟の十指みじかかりき

顚末聞かず味方につけり思はざる方角に新月がかかれる

はにかみて昨日の殊勲選手身を假縫ひのしろがねのはりねずみ

花季の秋海棠に雨過ぎつ　ああ雨滴《うてき》ささげつつゆく男

龍巻の天薄墨にうるみをりおほちちのおとしだね歌姫に

擬寶珠の花ひつさげて夕つ方たまたま汝が墓につきあたれり

されば詩歌は六腑の毒と言ひ遺す夏桑にあるかなきかの夜風

雪溪の光をうつすアルプスの町　暗殺をおもへるひまも

哀別と言はば言ふべき木綿鹿毛《ゆふかげ》の脚ひえびえと夢をよぎりし

をさなきは無慙に似つつ黃桃《わうたう》のあたりみづみづしき月夜なり

人生の華あげつらふ兄とゐて兄の足下の茶羽ごきぶり

ポプラとは男の樹木くろぐろと綠淨まりつつそばだてり

嗣ぐべからざるもの一つはためきて父の婚衣ぞ青墨のいろ

野分は北北東へましぐら屋《や》の上の男鮭色の腿に搔き傷

父を侵しつつありわかものの部屋の前の淡綠の皿小鉢

桔梗一束《ひとたば》提げて來しゆゑゆふかげにありて影濃き一人を愛す

花芒ありとも見えぬ心象の日月《じつげつ》やその光をかへす

怒り冷えつつあり　テヘランの紺の空はこばれて來し實石榴一つ

あをあをとすこしおもたく父の生ありき　劉生の繪に秋風

寒の禽《とり》ななめにわれをふりかへる一瞬まみの底のくれなゐ

二月星父となりても唇《くち》赤くあらたまらざりし金釘流

火事を待つ剝製極樂鳥一羽そのくらやみの士官學校

外郎《ういらう》つめたしかりにもおとうとと呼んで三月の夜の醉ひをわかちし

いささかの歡び兆しすぐに消ゆ沈丁の香の圓周の外

石切られそのまま墓の形《なり》に立つごぎやう・はこべら・をだまきの中

茴香《ういきやう》菓子《ぐわし》などささめける食堂に追ひこまれたり「父の日」の父

榮光喪失《エクリプス》てふ言葉ありける　紫陽花の紺より銀にうつろふ深夜

姉は細りつつ「さごろも」を讀み飽かず鬼籍に一時預けの日傘

Ⅱ　詩魂縹渺たり

天衣

芍薬のひとつ初花あをざめてここにまどろめる男は神

新緑とはるかに告げ來《く》緋鯉より眞鯉はなやかなる夕つ方

さみだれの沖なりけれど枇杷色の少女艀《はしけ》の上驅け移る

夏のはじめに男一人を調伏《てうぶく》せりなびく白蚊幮《しろがやてんね》天衣のごとし

ほしいままに水飲みたればわが歌の下句うらうらと風吹く紫苑《しをん》

死海寫本三日つづきの夕凪にすなはちこころさわぎはじめつ

くれなゐの記憶を言はば冬の馬の美貌うたひて死にたる男

藺田凍ててゐしかいつしか「蜻蜓火《かぎろひ》之《の》心《こころ》所燎《もえ》管《つつ》」わが愛果てむ

瑠璃生

おほちちの餘生神韻縹渺と鸚鵡《あうむ》にマレー語をならひをる

刹那に過ぎしわれの壯年とある夜のこがらしを薄紅と思へど

詩歌もてなににむくいむ三月の雪はにくしみの極みにふる

緑內障の視野はうすみどりにうるむ　否「射《い》ゆ猪鹿《しし》のこころをいたみ」

バイロンのギリシアに斃れたる四月十九日茄子苗に陽がさす

はつなつの夜の草相撲小結の瑠璃生《るりお》混血にて惜敗せり

青嵐馬の頰うつあらあらしさをうしなはばこの友捨てむ

月蝕の月ぞしたたるリップ・ヴァン・ウィンクルの愛犬の名「狼《ウルフ》」

わがために一塊の海鞘《ほや》きざまれて茜さす一身《いっしん》味方無《みかたな》し

猩猩

歌はざればうしなふ言葉その「花を何せう太刀こそねやの插頭《かざし》よ」

飲食《おんじき》のしみみあやふし冬ゆふぐれ酢にしづむ青墨《せいぼく》の鱘卵《キャヴィア》

父あらば九十九　霜夜淺うして謠ふべし嗄《か》れ嗄《が》れの「猩猩」

俎に雉子《きざす》の肝のむらむらと蒼し　政治とはわれの何なる

開けて讀まざる十六夜日記寒曉の葛湯うすずみ色ににほへば

風は眞晝のたましひぬけてテレマンのヴィオラ・ダモーレ曲は露の香

たましひに齡《よはひ》ありとや一つ見し夢あはつけし麻刈る夢

遠縁《とほえん》に戰犯一人ありしこと白萩の垣爛《ただ》れゐしこと

霜月の衢《ちまた》一瞬にくづるるをきみみどりごに綺羅まとはせつ

秋もすゑつかたあがなはむ猩紅のかはごろもおとろふる母に

沈金

謠曲「皇帝」姿は夢と謠へりし　おとうとよ鶫《つぐみ》撃ちに赴《ゆ》かむ
秋終るわがてのひらに沈金《ちんきん》の千筋《ちすぢ》　チマブエ傳《でん》模糊として
きれぎれのリュート組曲ホ長調斷れよ花膾《はなをこぜ》が煮えすぎる
姉妹《しまい》うらわかくみにくし「氷島の漁夫」巻末のすさまじき風
母、顴骨《くわんこつ》のきりぎしかげるきさらぎのひる突然に臘梅の雨
帚木《ははきぎ》に花咲く　掃いて捨てるほどあらむ言葉の中なれど「戀」
花水木吹きまくる風神のごとしすることなすことことごとく後手《ごて》

風餐吟

拱手《こうしゆ》して殘んの生をかなしむか晩夏木賊《とくさ》のしろがねの黴《かび》

野分合歡《がふくわ》の林を過ぎつ　卓上の傳言筆太に「いつかまた」

こころざし捨てて微塵の秋霰《あきあられ》はだかのむかうずね薔薇色に

處世なほふつつかにして秋風邪《あきかぜ》の汗ふつふつと刈るやユーカリ

「すみやかになせ」と聞きたり雨中なる他界の石榴くれなゐきざす

花月

踏み出《いだ》す夢の內外《うちそと》きさらぎの花の西行と刺しちがへむ

珊瑚樹下に馬丁眠れりわがむねに寒天いろの愛あふれたり

「花月」果てて男三人《みたり》が顔洗ひをり夕星《ゆふづつ》のほのかなる酸《さん》

初夏のあやふきとびら烈風に煽られつマルク・シャガール嫌ひ

星月夜《ほしづくよ》こよひの夏のまだ淺し望樓の父墜つるならいま

柿若葉夜目にもさやぐさしぐみて死をおもひゐむ夏鶯は

アリサなど記憶のかけら半身を此岸《しがん》におきて鮎くらふとき

紫陽花の鬱《うつ》といへども死のきはの耳にさやらばことばのあそび

行方杳《えう》として射干《ひあふぎ》の尺蠖蟲《しやくとり》といくささなかのこひぶみのたば

佳辰令月にくしみすでになかば過ぎ惨たり夕菅《ゆふすげ》の實るさま

みちのくへ三日旅して白露にあけぼののいろの母がくるぶし

爪の痕よりくさりゆく六月の石頭柚《せきとうゆ》　約束の土地とは

水貝のにがみたまゆら　あやふきにあそぶたましひ　櫂の音する

父とわが歩調齟齬してそのままに寒の夢前川《ゆめさきがは》かちわたる

汝《な》が左半身《ひだりはんしん》濡らし驟雨過ぐこの胡椒の香記憶ちがひか

斷絃

埒外に詩歌おきさりゐたりけり夜の青天にほろぶる櫻

仁王立ちは隼人《はやと》のすゑか花市にその長身を糶《せ》られつつあり
柿の花顱頂《ろちやう》にこぼれこぼれゐき今日、詩歌とはなにならざるか
おごそかに木賊群れたり心境を言はば斷絃ののちの六絃
大王馬陸《だいわうやすで》奔りさりたるのみ　華燭百あるよその夏のゆふぐれ
はつなつのたましひかろし砂金なす夕光《ゆふひかり》みちそこそわが塋《はか》
喜劇はじまる寸前にして曇天を網打ちはこぶ朝鮮薊《アーテイチヨーク》
茗荷《めうが》の雨見えつつ見えず人は生きて何を思へる一日《ひとひ》の果
冬さらば冬にあそばむ西天の石榴薄墨色に朽ちたり

Ⅲ　反・反歌

戀淋漓

エミール・ガレ群青《ぐんじやう》草花文《さうくわもん》花瓶《くわびん》欲りすたとへば父を賣りても

四十にして朽ちざるこころ一瞬を滂沱たり風中の蜻蛉《せいれい》

逐はれつつここにいたりて群青《ぐんじやう》の豹となるあけぼのの男ら

この戀かなはずば　蒼惶《さうくわう》と鷺死にしのちの禽苑《きんゑん》橋水浸し

こころざし今ぞ紺碧ゆふづつの暴走族が首領L某

叔父はわが父より眉目《びもく》かがやかに梨食ふ　耳の底の弦樂

戀歌百首包まむとせし七月の檀紙《だんし》つまづき飛べり邯鄲

白絣對丈《ついたけ》に著て婚期てふはるけき闇を落つる姉川

「戀ひわたる」とはいつの世ぞわが空を雁渡りたるあとの紺青

高熱の昨日《きぞ》ゆめうつつ十月の辭典に豸偏《けものへん》こぞりたつ

柊の花はつはつに休日の眼科醫子の咽喉《のど》をさしのぞく

なかぞらの戀をなにせむ林中にして手のつけられぬ櫨紅葉《はぜもみぢ》

蓼咲くや　たちまち母にシモーヌ・ド・ボーヴォワールは髣髴たり

體貌閑麗《ていばうかんれい》なり等身のチェロかかへ中年の沖さむくただよふ

青年の鍵裂きの肩くちひびく二月の惡漢小說《ピカレスク》はじまらむ

雨あかつきとぼそをくるや一瞬に咲きほこるなり千手觀音

寒雷水のうへにひらめき　みどりごに逢はむと馳《は》するシチリア男

くれたけのたけのこ喰《くら》ふきみかつて鬼拉《きらつ》の體をわれに強ひたり

絶交の殘り香眞青《まさを》　月光に夏へのとびらあけはなつとき

眼底に瞋恚《いかり》しづめてたそがれの天初夏《はつなつ》の星湧くごとし

白妙

西班牙語辭書灰綠《くわいりよく》の革表紙血脈のひび現《あ》れつつ二月

「寝物語」は美濃と近江のさかひなる字《あざな》　語らむ寒の片戀

枯木星乾《いぬゐ》の一枝フランソワ・ヴィヨンの眼ほどにうるみて

晩餐のここより見ゆる落雷樹《らくらいじゆ》けぶるそのしろたへの裂創

燕麥粥《オートミール》肌のあつさのあかつきに佛はくびす返したまふ

六月は明日の花屋に緊縛をとかれてはじけだすかきつばた

甲冑《かつちう》の群はなやかに渡らふは何の亂《らん》　酒肆《しゆし》「ノア」の窓にて

たれかは

休日の杉伐採夫ゆふまぐれしらたまの女《め》の童《わらは》ささげて

母の兄は英靈か　花水母目《はなくらげもく》ブーゲンヴィリア科《くわ》ヒドラ水母《くらげ》か

夏雲雀こゑほそりつつ梁塵祕抄傀儡女《くぐつめ》の一人「たれかは」

夜《よ》は夏のつゆけき樗《あふち》おほちちはそのかみオホーツク海に死し

墨淡《うす》く七周忌志としたためきああかねさす菫石鹼

壯年は何ぞ白雨ののちにして鐵路の車止《くるまどめ》水の底

累卵は微風に曇る　異腹《ことはら》のうつくしきいもうとはいづこ

おそろしき隣家寒夜に移り來てすぐ花鳥圖《くわてうづ》のバス・タオル乾す

若狹より大和へ奔る水の夢さむやちちのみの父が咽喉《のど》病む

父は悲愴なりとや春の夜の薄荷倉庫が薄《うす》き光をはなつ

星奔樂

琴歌譜《きんかふ》の伊勢の神歌よよよと春夜齒髓《しずい》を抜かるるわれに

死後を思へばなまめくごとし百合の木の梢《うれ》にかはたれの風あそぶ

摩天樓落成の日の風荒れてこの左官隱岐の黑木にかへる

最後にさるすべり芽ぶきてはつなつの男は眠らざるとき佳し

リルケなど好まざりける晩年の姉に翡翠《かはせみ》のなつごろも

愛はあるとき蒼然として海よりの疾風に咽喉《のど》炎ゆる雲雀

誕生日ユーカリ若葉たちまちにまひるをくらきかなくらきかな

大盞木《たいさんぼく》そのさかづきに酌《く》まむとぞ二十歳《はたち》屋上に立ちし鳶職

夏風邪の熱退《ひ》くきはは敗軍の將のごとしも夜半《よは》の芍藥

針葉樹林しろがねのあをあらしおとうとのこゑ四分五裂し

追伸の墨かすれたり半月《はんつき》の留守に罌粟百株を枯らして

きらきらし木苺《きいちご》少女《をとめ》長兄の朝寝のほほひげをうとんずる

驟雨やまざるままに花街《くわがい》をもとほれる青年印度孔雀のごとし
この子婚姻あくがるる日のいたらむに今朝暗紅のくもれるすもも
阮咸《げんかん》のかたちわすれて久しきを大向日葵《おほひまはり》のまだきさみどり
一寸先《いつすんさき》の闇にしたたる邯鄲《かんたん》のこゑ　こののちの生いかに
詩經國風なべてかなしくてのひらの太陽線をさまよふ蜉蝣《ふいう》
酸橘《すだち》そなへて死者やうやくにところ得つその時縷《る》のごとしかなしみは
木琴の絶間にはたとわれ存《あ》りて踏み越ゆみづたまりの新月
海彦は水葱《なぎ》少女《をとめ》得て霜月のうらうらととほざかりし白帆

冬の星大伯母いまだ窈《えう》として一尾の皮剝《かははぎ》を食ひ終へつ

糶市《せりいち》の花かわきつつ糶聲のバリトン涅槃西風《ねはんにし》にさらはる

兄弟落第春夜悲哀の領分を極彩古地圖もてへだてたり

男二匹コルシカうまれ戀になど死なず行行子《よしきり》青蘆のなか

石榴萌えてまだ鼻聲のイグナシオ神父に葛根湯たてまつる

切らば切りかへさむこころなほはしきやし假の世にはつなつの柑橘

還俗《げんぞく》の朗朗として夏あさきちまたに女犯《によぼん》こほしからむ

黑牡丹過ぎてたとへば過去《すぎゆき》の何なる　風のなかふく微風

新綠の世のことごとくきらめかず新郎つかのまの猶豫乞ふ

チリみやげ銀の蜥蜴《せきえき》　惡友の肩の驟雨の痕いま消ゆる

輕雷ははためきすぎつ音讀の和漢朗詠集の下《げ》「遊女」

沈鬱皇帝

默《もだ》せどもくちびるさむしまないたの燭魚《はたはた》の目にのこるさざなみ

冬旱むげにはためくまらうどのための薔薇色うすれし毛布

芍藥の根をきざみをりしもつきの果て深更と呼ぶ夜の淵

妹が籃《かご》の累卵藍青《らんじやう》の見えざる絲につながれにけり

心は詞華を越ゆべし　天涯にるるとさへづるものは何

ユリウス・カエサルより沈鬱にながらへき南風が颯と遺書を攫《さら》ふ

歌なきを何ぞすがしむ春泥がわが館十重二十重にかこめり

逢ひつつ兄のまなこ見がたしはつなつの河刻刻に藍を深めつ

誕生日何を祝ふと菖蒲田の疾風寝室に吹き及ぶ

詩歌潸然《さんぜん》たり六月はたちまちにあとかたもなき夜の花楞《はなあふち》

人戀ふはあやむるに肖つ洗はれて皮膚漆黑に冱ゆる野の馬

馬洗ふこころ冱えつつひたすらに人戀へりいつの日かあやめむ

何に冱ゆる馬のたましひ秋水に立ちて殺意のごとき愛あり

囀

春に懸けむことのあまたの一つにて隣家なる白鶺鴒《はくせきれい》の死

少女《をとめ》率《ゐ》てよぎる二月の甕《みか》の原またいつの日の夢にし顯《た》たむ

棲めば地獄と言ひつつ歸るふるさとに父あはれ如月《きさらぎ》の氷魚《ひを》あはれ

鬱たる寢覺のやみの底にして剪られけむくれなゐの梅一枝

玲瓏と冬の虹たつ　昨日《きぞ》まひる刎頸の友が咽喉《のど》を切られし

星變

愛《は》しきやし初霜童子きぞ得たる拳銃をまづ父に擬《ぎ》したり

晝星の毫毛《がうまう》のきずあらはれて硝子板ふはりと倒れたり

こころざし今ぞやつるる晩秋のわがやかた鮮黃にともれり

母を送り來しか白露《はくろ》の驛頭に「手鉤無用」の函ころがるは

星住晝伯秋をこもれり罪ありて水晶體赤道をわづらふ

樂器店炎え落つる間を風琴《オルガン》の燠《おき》薔薇色にこらへつつあり

日月のかぎろふ他《ほか》にわれ存《あ》るを晩三吉の銀の瘢痕

零落の何ぞあかるき神無月切子の鉢に蝦蛄《しやこ》ねむるなり

大伯父の「花月」謠へるころゑ凜《さむ》し老いほのかなる夭折の相

壯年は過ぎつつあらむ飄飄《へうへう》と地圖のくちなしいろの崑崙

捨榊《すてさかき》つややかにして霜月のやちまたに人絕ゆる刻あり

莫告藻《なのりそ》のなびける磯を僧ふたりあゆむ嫋嫋《でうでう》たるへだたり

憤怒とはみなくれなゐの眞帆走るその刻またわれに還り來ず

午後といふ負《ふ》の刻ながしとなり家《や》の枯山吹にきらめく霙

人の喜劇ばかり見て來しひととせの或日咫尺《しせき》にこほれる瀑布

朝の霞にへだてられつつ迫り來る群衆《ぐんじゅ》針葉樹林のごとし

父の死の殊に仔細は忘《ばう》じけるさざなみのまま凍てたる淺瀬

君と貴様のけぢめあやしき冬ひでり恍惚として檸檬《レモン》くされり

沈淪の夕映しばし來し方に金粉散らす枯葎あり

ヴェネツィアは水の底なる玻璃の檻きさらぎはわが唇枯れて

雨奔りすぎたる夢ののちにして帚木《ははきぎ》の實に溺るるちちろ

赤き桔梗子に描《か》き與ふこころざし今朝は心の岸を離《か》れたり

菖蒲白しとおもふすなはち昃《ひかげ》りてそのまま神隱しのちちはは

火蛾・羽蟻・疾風《はやて》・陽炎、汝が二十歳《はたち》おのれ輝かざるもの消えよ
わかくさの妻遣《やら》ひたるそののちの兄よ　僞天道蟲《てんたうむしだまし》が孵る
堪へて歌はざりけるわれら西空に鏘鏘と夜の藤が觸れあふ
人にくむことも妙《たへ》なる壯年に山あぢさゐの淵なす青
闌闕の花婿ひとりあさもよし紀伊《き》の國に見るびしよぬれの萩
屋上に碧《みどり》の氷菓くはへたりうらうらと不良少年の果《はて》
うらぎられたりと思へど七月の男の旅信より露はしる
最弱音《ピアニシモ》に耐ふるわかもの含羞のうすべにに弦樂四重奏果つ

重唱樂

シュトラウス忌も夕つ方寢室の白梅にはつかなる酢の香を
寒夕映蒼かりければ禽苑の麒麟《きりん》おろおろとして水欲《ほ》る
夕映の薔薇色は黃に　戀愛の愛にこだはりつつわれあれば
大寒のあかとき昏し除酵麪麭《ぢよかうパン》イエスの咽喉《のどこ》踰ゆるころほひか
人戀ふることも稀なる壯年のあやふしひひらぎの葉交《はがひ》の花

秋風のすみか

おほよそに詩歌はかなき　白牡丹《はくぼたん》ありしあたりに時ぞやすらふ

鬱としてわれらありつつ屋上に新樹の幹のごとき左官よ

翡翠飼ふことあきらめて心中にはたと一基の墓碑のくれなゐ

きらら刷く夏越《なごし》の水にひらめきてそよ秋風のすみかの扇

晩夏とてもとよりうたふすべ知らぬ母が深淵の色のかたびら

亡命のこころあやなきある朝を戀し火箭《ひや》射はなつインディアン

思ひいづるおほかたは死者篠原に野分《のわき》いたりてしまらく遊ぶ

ノアのごと祖父ぞありける秋風にくれなゐの粥たてまつるべし

秋あまり深かりければ夭折の兄に過分の供華《くげ》の桔梗《きちかう》

いづかたにかへりかゆかむ霰ふる街に藍青《らんじやう》の雉子《きぎす》をつるす
冬のダリアわれにはるけき血縁の一人は馬丁にてをはりける
クレオパトラ忌いつと知らねど三椏《みつまた》の花がしろがねの雨にもまれつ
初霜の近江故舊の姓はいさよみがへるそのボーイソプラノ
人やあると呼びたまひけり人ありてこたへざれども渇ける石榴
きさらぎの水さかまきて石胎のいもうとがラピスラズリみごもる
雁來紅《かまつか》の青冷えわたる六月と不意打ちの華燭通知がとどく
かりのすみかがつひのすみかに額《がく》の花この黃昏を鱗のごとし

男兄弟半裸の歸省あくる日のたとふれば瑠璃色の夏祭

颯颯といたましきかな開花寸前のわすれぐさを提げて父

明日はあとかたもなからむみじか夜の淡雪羹《あはゆきかん》とよそほへる母

私財蕩盡夏果つるとて大伯父は蘆に鱸《すずき》をつつみて賜ふ

跋

歌人《うたびと》とわが名呼ばれむ

昭和五十四年秋以後、五十七年春までの作品をほぼ逆年順に排列收錄して、第十三歌集『歌人《うたびと》』と名づけた。總歌數三百三十三首、昭和五十七年春に制作の未發表百二十六首を含み、『定本　塚本邦雄湊合歌集』（昭和五十七年五月、文藝春秋刊）中に編入の、第十二歌集『天變の書』未收錄作品中、昭和五十四年春・夏に發表の五十八首を省いた。

作品數六千に垂《なんな》んとする前記湊合歌集上梓の後、むしろみづからに追擊《おひうち》をかけるかに、新歌集の發刊を志したのは、ひとへにもののはづみといふものであらう。過去四十年の、慄然たる累積をかたへに、「詩歌變」「黃道周遊記」「杏仁傳說」「靑鳥變」の四作を、一氣呵成に制作し、「今日こそ和歌」と題した時、滅ぶる和歌の宿命は、そのまま私自身の業《ごふ》に他ならず、さればこそ、敢へて、みづからを「歌人《うたびと》」と呼ばねばならぬと觀じた。

短歌は詩歌中の詩歌であつた。われは歌人中の歌人と、心ひそかに期して、今日まで人に示し得る幾首を殘したのか。湊合歌集中に、署名を消してなほ自立し、人に口遊《くちずさ》まれる作は幾つあるのか。自問に答へることもなく孤り立ちすくみつつ、この孤獨感と慙愧の念すなはち歌人《うたびと》の存在理由かと頷き、かつはほほゑんだ。そして、今日もなほ、私には短歌の全體像はおろか、その後影すら明確には、見えない。見えるはずもない。

かつて、今日、短歌は既に亡び去り、存《なが》へつつあるのは歌人のみと、わが寸懐を披瀝したことがある。人にではなくわれみづからに示す言葉であつた。和歌隆昌の世に歌人として生きることは必ずしも難事ではない。詩歌の澆季に、なほ歌人としての生に徹することこそ、わが業、わが使命と、言ひ聴かすことによつて、その困難な、空しい生を支へて來た永い日日であつた。遠からぬ未來には、その歌人、まことの「歌人《うたびと》」も、恐らく滅び去つてしまふだらう。この不吉な、確信に近い豫感が、なほこの後も私を制作に驅り立てよう。そして、永遠の秀歌を遺す悲願は、私を鞭打ち續けるに違ひない。

第十二歌集『天變の書』以後の約四年間に、散文關係の著書『綠珠玲瓏館』『塚本邦雄新撰小倉百人一首』『幻想紀行』『詩歌宇宙論』『齋藤茂吉』『半島』『反婚默示錄』等を數へ、また『新古今新考』『百珠百華』『詩歌星霜』を加へた。本著は、この三著の出版主である、花曜社社長林春樹氏の手に委ねた。歌人の何たるかを悉知する烱眼の士に邂ひ、わが歌も本懷であらう。各著の編輯に盡力を戴いた同社浦野敏氏、例のごとく、私の理想に近い裝釘を全うされた政田岑生氏に深謝の意を表する。

昭和五十七年八月八日立秋　　　　著者記

豹變

豹變
一九八四年八月十五日
花曜社
A五判變型　貼函附
丸背　一八四頁
裝釘　政田岑生

星夜絶交

日向灘いまだ知らねど柑橘の花の底なる一抹の金

男やさしき二月の巷一塊の海鼠藁《なまこ》もてつらぬきにける

潦《にはたづみ》にうかぶ夕映一掬ひわれに異母兄ありしや知らず

三月の雪に雨降る美濃近江子に文鳥を約しつつ買はず

復活祭絲杉の空銀泥にいかなる悪かわれなさざりし

垂櫻《しだれざくら》の一枝かすかに石に觸る絶交ののちみまかりし友

歌はずばわが聲忘るさはれいま穗麥の針の森行く雲雀

人を愛せずきさらぎ彌生　みなづきの林中にすみれ色の空蟬
天窓の空洗朱《あらひしゅ》にみだれつつ亡き父の手の葉書がとどく
菓子屋「閑太」に人一人入りそのままの長夜星よりこぼるる雪

蜃氣樓

天秤《てんびん》に一莖の罌粟《けし》　あかつきを叡智いづくの天よりきたる
アミエル忌さはれはるけき水呼びてさやぐ菖蒲《あやめ》の苗一つかみ
女童《めわらは》にめぐりあふべき赤き雲引きて木琴の上の夕空
野火過ぎてすぐ冷えわたるあらがねの土や鬱金《うこん》の蝶をたまはる

蛇の衣きらめき吹かれつつあればこの野の沖に悪友の巣
夏風邪にくちびるかわく蜃氣樓《かひやぐら》見しおもひでのあざやかにして
帝王一人妃三人のすさまじき劇観たりその夜半《よは》の葛切
父より何を享けしやよはひかたぶきて耳の底吹く綵杉の風

歌にほろぶる

むしろ詩歌をすくはむとしてわがこころはなつ山百合の風のかなた
歌ふべきか水無月すでにはかなくて蒼朮《さうじゆつ》の香のそのあさごろも
黄桃の熟るるがごとく少女《をとめ》さび「斥候《ものみ》よ夜は何の刻ぞ」

言葉わが目には見ゆるを一束のつきくさしをれたるのちも紺

そむかれてたぬしき父かうすもののなびかふごとしとほき弦樂

少女千草眩暈《げんうん》きざす藥種店うすくらがりに百のひきだし

祝婚歌成らざるままに夏明けてすさまじきうぐひすのみささぎ

頰髯《ほほひげ》の死んでも詩人　夏ひらくかなしき方角に扉あり

わすれねばおもひ出《いだ》さぬ仇敵の二、三人　罌粟の實の青黴《あをかび》

薔薇園《しやうびゑん》いとなまむなど言ひいでつうつつなやすゑつ子の鬚面

はるかなる人をあやめて花骨牌《はながるた》眞紅の空の良夜《りやうや》ありけり

娼家・齒科醫・悉皆店へ瀝青《チャン》の道四通八達せり風の街

やすらぎと言ひつつはかな紅花《べにばな》の種蒔く終始見つつ風邪の身

セゴビアのヘスス娶りつ實石榴《みざくろ》の片枝は露をこらへつつあり

ただの戀、愛に似ることあまたたびそよ累卵のうち點燈《とも》る秋

發想の還らざるかなよひよひに群青《ぐんじやう》の枯蓮を夢みて

惡食の鴉籠《こ》に飼ひそのうしろかげ窈窕《えうてう》と老婆ありける

夢の世にやまがは越ゆる　縲絏《るいせつ》のわれや白鶺鴒《はくせきれい》とならびて

かつて孔雀を見しはいつの日雲母《きらら》なす霙のなかをわれらあゆみつ

紅梅の紅のゆくへのましぐらにこの二月つらぬける水の香

咳嗽《がいそう》しきりなり　コルドバの街なかに黒き一樹の檸檬《レモン》ありしを

オペラ「ヴェネツィア客死《かくし》」果てたり凍傷の手に飼犬が鼻すりよせつ

やみがたき愛など知らず紅き菓子食ひて眠らむかな　二月星

燧灘《ひうちなだ》夢みしのみにおとろへて朝寝朝粥そのなづながゆ

蒼惶《さうくわう》とみ空の縁《へり》をかりがねは去るわが春のみだれ見つくし

一瞬の春なりければわれは食《を》す針魚《さより》十三糎《センチ》のいのち

ゆく春の鰈賣られつ洗ひ朱の卵のどもとまでこみあげて

めつむれば夏あさくして家ぬちのいづくにか一かけらの翡翠《ひすい》
すてはじめて言葉ぞさやぐはつなつの夢のなかなる夢に茄子苗
歌にほろぶる　否否石榴鮮紅の芽吹《めぶき》われならば歌をほろぼす

晴夜追覆曲

歌はわが不肖の嫡子　罌粟咲くとこころざし水のうへを奔る
刀葉林《たうえふりん》の女人おもへば水無月の風上にして煮らるる瀝青《チャン》
青嵐青すさびけるきのふより蕩蕩として父のおもかげ
シラクサの古き船歌晴夜とふあやしき夜半《よは》におもひいでつ

瓮熟地獄《をうじゆくぢごく》に熬《い》らるる一人おそらくは割烹「青海波《せいがいは》」の女主人《めあるじ》

われおもはざればわれなきやすらぎはいさ、ぬばたまの夜の鐵線花

大音聲におとなひきたる七月の男　瀕死の黑鯛《ちぬ》ひつさげて

殊に男はきぬぎぬのこゑあららかに紅はしる屋上のさるすべり

女馭して美しかりしおほちちの遺影ほほゑみつつ神無月

「佛陀」てふ濁音にがし白粥に肝《かん》・腎《じん》透きとほりつつあれば

歌人豹變

歌のほかの何を遂げたる　割《さ》くまでは一塊のかなしみの石榴《ざくろ》

鎮痛劑齒の根にとどく刻一刻ポスターのバリ島の緋と黑

信樂《しがらき》六郎太《ろくらうた》出奔をさなづまみごもりてそれ琵琶のおもかげ

凶變連續のキケロ傳夕映にチェロひえびえと炎えあがりたれ

夭折家系の二男歌人《うたびと》影うすく鶸色《ひはいろ》の兵兒帶《へこおび》をひきずる

なんぢ他生に袖ふりあひし一人てふふはりと霜月の女人の香

寒旱移轉の荷よりころげ落ちて白し『月下の一群』その他

豹變といふにあまりにはるけくて夜の肋木のうへをあゆむ父

友をえらばば寒夜ことさらこゑふとき　空中にほたと椿落ちたり

鮒鮨のけはしき酸味舌刺してこころのかたすみに西行忌

沈丁花　消し忘れたるテレヴィジョンには短刀《どす》のみてジェルミが歩む

詩才はつかに人にぬきんで蹤《つ》きくるはしろがねの供華《くげ》はこぶ自轉車

生薑《しやうが》つまりゐし紙函に密閉せり十二年このかたの歌反故《うたほご》

あかときのやみ一瞬の緋連雀《ひれんじやく》晩年に向き時はせせらぐ

神曲を讀む無爲の刻稀にしてさればほのかにきさらぎの雪

絶えて蝙蝠傘修繕《かうもりなほし》人見ざるを月明にひらと翔《た》ちけり紅衣の男

無音《ぶいん》も慰藉のひとつとつたへきぬかの國の冬霞濃くあれ

返り討ちにあひける花の蹴球の荒寥としてひるのロッカー

九年母のふつふつ苦《にが》し夕霜になにゆゑよみがへる歡喜天《くわんぎてん》

家成さばすなはち門にリラの樹と思ふ眞向《まつかう》からの木枯

たそがれの息ひややかに巨漢來て屋上のアンテナに咲く星

春祭木末《こぬれ》はためく夕映に青年外科醫笛吹きゐたれ

ボッティチェッリの〈春〉の柑橘樹林げに暗しそこより痛風來《きた》る

ラガー驅け去るその瞬間の風壓にひらとあやふし白芥子《しらけし》少女《をとめ》

六月の他界よりやや身に近く水光る飛驒《ひだ》風やむ伯耆《はうき》

月寒《つきさつぷ》　文月《ふづき》の辻に屈強の男かざぐるまを賣るあはれ
右翼とはむしろたましひ冷えわたるつばくらめ鐵漿色《かねいろ》の風切羽《かぜきり》
歸郷してニーチェ讀むとぞ　わかちあふ蛇目傘《じやのめ》の下の蒼き暗がり
一心不亂ゆゑに不犯《ふぼん》といひけらし初夏《はつなつ》沖の茄子紺《なすこん》の澪《みを》
仁王門の若き仁王が胴ぶるひせり松の花咲ききはまりぬ
男こそ愛を羞《は》ぢらへ晩涼の鳴海のあくたきらめく潮《うしほ》
罌粟《けし》の實の束かかへ來る腕白と椅子の婆　この淡きなからひ
あきかぜの布施《ふせ》衣摺町《きずりちやう》いもうとが隙だらけの少林寺拳法

こころのあらたま

百合剪《き》つて一身眞青《まさを》夏ゆくといへども雄雄《をを》しければこそ雄《をす》

古歌かすめとりたるたたりしんしんと肝炎きざすひるの蓬生《よもぎふ》

精悍なる僧侶とすれちがふ　夏の一日《ひとひ》のわがこころのあらたま

青酸漿《あをほほづき》まばらなれども直江津に一夏《いちげ》すぐさむ父にて候

茄子苗の寸のむらさきマグダラのマリアいつ世を去りしか知らず

莊子《さうじ》誦《ず》するこゑ洩れきたる夕映の枯野の入口の硝子店

男は昧爽《まいさう》、女はたそがれに聲を發せりきさらぎの白椿

たましひ奔る

肝膽相照らすといへどひひらぎてけさ立春の雪ちる近江

ひめむかしよもぎ萌ゆるを夕光《ゆふかげ》に「オトウサンヲキリコロセ」とぞ

ドストエフスキー絶えて讀まざる安らぎのいはば麥秋の香の壯年

母なくてかく明けやすき七月を藺窈窕としてほぐれたり

わが犯さざる罪いくつ名のみ華やぎて夏ごろものみづあさぎ

人を拒み人に拒まれつつ葉月來る郭公のこゑうすあかね

おほよそ父の嗚咽《をえつ》の火花ちりばめて一樹の百日紅《さるすべり》聳ゆべし

人たることをおそれむ夏ふけて聲にごりそむ晝の邯鄲
かすかに飢ゑきざしつつ露の萩のかなたにはみひらける若武者
睦月の霰はららぎわがこころよぎる月照は美男なりしか
群靑の沖へたましひ奔りをりさすが淡雪ふる實朝忌
下僕ひとりのゆくへいまさら飛火野に椿咲きたり椿落ちたり
無名歌人のその名を死後にたしかむるあまつさへ月の光あまし
ときめきてきさらぎの夜に覺《さ》む　きのふ出雲より牡丹苗賣りに來し

たとへば詩魂

こころざし同じうせしがにくしみの始め　燦たり夜の花水木
あかあかと祖父艶れたり諫早になにゆゑたふれたると知らさむ
たとへば詩魂、言ひさして再《ま》た言はざりしそこより椿までの二三歩
うつせみの底に潮騒　白芥子《しらけし》の束より一茎をときはなつ
天童に婿入りしたる六月のあくる月より文はたと絶ゆ
柿の木のほかに樹知らず仲人はジャン・ジャック・ルソーを褒めちぎる
蕗むきつつおもふべきことならざれど馬の赤血球七百萬

肝《かん》よりむしろたましひ病むと診《み》られける椿醫院のうへの夕空

斷念のいのち光れり　脣《くち》かみて一把の菖蒲《しやうぶ》より若き僧

轉生の一度は雨の白牡丹切つて立つわかきすめらみこと

ひえびえと暮るる六月蒼蠅《フライ》級ボクサーが身の丈をはかる

みじかき夏そのみじか夜のあかつきに顯《た》ちくる言《こと》ひとつ「葱花輦《そうくわれん》」

白ダリア插し申さむず左肩缺けし海軍主計中尉の墓

カロッサ忌なり樂器店開店の花環突風にて總倒れ

未來と言へどただ老ゆるのみ十月の水に鐵片のごとき蝶

むかしよりをとこあやふし實石榴《みざくろ》の實をくぎりたる白き障子《さうじ》
ともにガルシア・ロルカを聴かむ紅葉《こうえふ》の夕風を踏み訪《と》ひ來し男
あはあはとしかもけはしき霜月の塋域《えいゐき》にしてあそぶ女童《めわらは》
齢《よはひ》におもひいたるすなはち慄然と靑し冬霞のをちの杉
ドストエフスキーの持病の穿鑿など煩はし山吹が返り咲く
たましひあそぶ臘月ある日褚遂良《ちよすいりやう》褚遂良とぞうすずみに書き
風邪がなほらば次なに引かむ眞裸に聴くイベールの「寄港地」チュニス
明日と言へど餘生の一日《ひとひ》きさらぎの太陽にはたづみにうかびて

二月、きみすら父となりける薬種店倉庫の中の徑《みち》九十九折《つづらをれ》

立春の何欲《ほ》るとなきひるたけてまれには蕨手《わらびで》の少女子《をとめご》よ

春寒料峭、文《ふみ》書きさして子のマザーグース童謡集父が讀む

石榴苗《ざくろなへ》言ふべくもなき朱をふふみゐたり歌人は妣《はは》の國に行く

芹粥の湯氣がふはりと顔に來てはらだたし『變身』のちちはは

蜜柑色てふことばほろぶれ兄《え》が弟《おと》の洟《はな》かんでやるこの夕明り

若月《みかづき》のパンもとめ來る金曜のよひ　たちまちにして缺けそめつ

紺青の天幕を打つ涅槃西風《ねはんにし》奇術師が少女を輪切りにす

杉の花天《そら》にみちつつ　反歌てふ透明の檻あればわれあり

祝戸物語

太陰暦きさらぎ七日敦盛忌　珈琲《コーヒー》舌を焼くうつつあり

煙《けぶり》のごとく父老いたまふ大和國《やまとのくに》高市郡《たかいちぐん》明日香《あすか》村《むら》祝戸《ゆはひど》

櫻うすみどりに咲きあふれ　戰前の書に曰く「われは甲冑を愛す」

右翼も閲したりと哄笑せり胸に藍の　蛇《くちなは》刺したる男

桐の花とほきむらさき露臺より聲高《こわだか》に硝子屋を呼びとめて

風はおのが好むところに吹く　夏の地球の下半身の新緑

伯母の殘年華やかにして眼裏《まなうら》に朴齒のわかものを戀ひわたる
蠻聲の從兄《いとこ》チリにて榮ゆらく海に落ちたる秋の雷《いかづち》
咳《せ》けば淡き火花となりて飛び去らむわがてのひらの鶺鴒一羽

殘夢

妻籠《つまごめ》の岬《さき》の一つ家きさらぎは雪白《せつぱく》の目をつむれる障子
ところてん・懸崖の菊・寒念佛《かんねぶつ》・制服の紺うとみつつゆかし
千一夜物語《アラビアン・ナイト》の一夜すみれ色にむかし日本橋《にっぽんばし》の古書街
陽おもての翌檜《あすなろ》と陽のかげの薔薇《ばら》　生にかけがへのあるものならば

ほろにがき牡丹のかをり　深草のみかどとは誰《た》がおくり名なりし

良夜なり

新年の風はたとやみ山門に晶晶とひとみきらめく仁王

田園交響樂鳴りいでて妹のためには菖蒲湯《しやうぶゆ》の病める香を

白牡丹《はくぼたん》ほろにがき香のうつろへりはたと忘れし神父の綽名《あだな》

イエスの衣ほどに汚れて疾風《しつぷう》の翌日の菖蒲田の白菖蒲《しろしやうぶ》

石榴樹林《ざくろじゆりん》にてこめかみに觸れし花戀《こほ》しかりけり肝炎きざす

二十歳《はたち》といへばこころ紺碧《こんぺき》さなきだに女知らざる　風中の百合

父に肖ざる詩才おそらく亡き母はあはれまむ水無月《みなづき》の雲雀

良夜《りやうや》なりわれらが戀をへだてたる母ぞ魚籃《ぎよらん》の中にめざめし

天才の父とはなべて唇《くち》嚙みて霜月の猩猩緋《しやうじやうひ》の沒陽《いりひ》

わがふところに鶺鴒《せきれい》一羽　ゆふやみにしはぶきうすべにの雲母《きらら》なす

罌粟《けし》萌えてこころに疾風《はやて》吹くきのふけふピサロ展見ずて終りし

鶴座星群

春寒の夜の合戰圖くれなゐの平家を海原にちりばめつ

南方に鶴座星群百七箇うすあかしとぞ　われゆゑならぬ

走り書きの返信に似し半生とおもふ　塋域《えいゐき》の光ほのかなり

薄暮暴走族の一人は舞ひあがる　くちびるむらさきの小喝食《こかつしき》

カエサルはカエサル　われは背信の友ゆるしがたし木犀の雨

一寸先のやみにみちびく惡友はその肩に星を感じつつある

銀婚の供物否とよ　刃なき刃物もてパパイアを寸斷せり

龜甲文鐵銹色のかたびらがにほひたつ　遠方の不祝儀

鬱金樂

競賣のけさの氷雨に緣《ふち》濡れておそろしき日の丸の旗ある

大望遂げざることもたのしきわがめぐり鬱金《うこん》にうるみつつ冬旱

旅ごころありとしもなき如月《きさらぎ》を緋の武者幟濡れてはためく

サヴォワ縣湯治場エヴィアンより來り壜詰の水喪の臭ひあり

こころざし枉《ま》げて何たる深藍の朝顔が百日も咲きつづく

私小説の末尾に不意にあらはれて石榴《ざくろ》あり瞋恚《しんに》の紅ひとかけら

秋風《しうふう》珠のごとしといへど心中に劉生の繪のゆがめる美少女

こゑころす

つひに歌人ことば一つを口中に藍青のかたびらのあきかぜ

女《め》敵《がたき》の一人失踪したりけりあしもとにこゐころす邯鄲

わたくしの何あらたまることなきににほひ奔りけり水と木犀

『レオナルド・ダ・ヴィンチの手記』の傍線のうすうすと身毒の鬱金

紆餘曲折のすゑおとうとをゆるしけりとぞ神無月七日ポオの忌

うぐひす二羽もとめきたりて秋のくれのこれより一《ひと》日《ひ》一《ひと》日《ひ》老ゆ

美しからぬ姉一人ゐて夭折せり冬の萩市古魚店町《ふるうをのたなちやう》

きさらぎの肝膽翳るひらかむとしてしろがねにうるむ三椏

航空母艦春夜の沖にただよひて齒齦のいたみゆるぶいささか

父二人ありと聞きしが夏果てて微熱のまぶた夜の鳳仙花

歌をおもへば

彼奴《きやつ》の死をかんがふるとき懐中に壜詰のサフランがさやさや

つゆじもに髪膚すなはちひひらぎて鬱病のあざやかなる鬱金

歌をおもへばそのにくしみの影さして落つる寒梅の紅《こう》一つかみ

それもまた愛の不如意とこたへけるちまた冬霞のうらおもて

冬はたそがれ一瞬薔薇色に炎えて神の癆咳《らうがい》鬼の　霍亂《くわくらん》

暴力團橙紅《たうこう》のシャツはだけつつ過ぎゆけるこの宇宙のたそがれ

粥あつし不孝の果ての歸郷よと言はるるや京都 衣棚《ころものたな》

ゴヤ八十三歳客死霙ふる菖蒲園沖のごとく暗し

モナ・リザにかかはりし男數人をあはれみつ梅雨寒《つゆざむ》の朝焼

糶糴《てうてき》のまつさきに落ちかなしかなし石竹色の掌《て》の訶梨帝母《かりていも》

不肖とは天に肖ざるを火の秋の青うすうすと若狹の杉津《すいづ》

綾《りよう》羅《ら》はためくごとき良夜ぞ獸園のくらやみにして豹變の豹

なんぢ泥醉するよりほかにすべなくて歸りつくさきは石榴《ざくろ》の家

男てふ眞冬の砦からたちの脣《くち》裂くごとき酸《さん》をかなしめ

亂花

アンソール畫集の眞紅封じこめて春雪の餘部《あまるべ》の故舊に
父を超えたるものの詞才のみ夢殿を出でてよこなぐりの雨霙
ダリ寶飾展など見るもののかきさらぎの露地あけぼのにきらめく塵
ひとりむすめあらばいまごろそむかれゐむころかくらぐらと冬の赤富士
さくら見えざるその夕つ方楚辭さらふこころ湧ききぬ　天に水音

何の樹ぞ

玩具店工房望《もち》の光さし處女《をとめ》がくろがねの貨車組めり

百合の木の徒長すさまじわれも欲《ほ》し馬丁一匹リヒャルト・ホルニヒ

「其の樹の影高安山を越えにき」と何の樹ぞわが庭につきの木

菜根譚よみてこころのゆたかなるときしも家の中に木枯

冬蕨さしぐむほどの青をとどめ切に兄貴に殴られたし

忠孝のことばかがやきつつまづし往かざればみすずからるる信濃

身のうちにほととぎす鳴くホフマン忌以前と以後の呂律違《たが》へて

文庫版『神曲』取り落して身をかがめつつつひの夏の豫感

空心町《くうしんちやう》葛屋《くずや》喜兵衛の夕明り淡雪羹墓石《あはゆきかんはかいし》のかたちに

こころ映さむ

實朝忌　氷雨《ひさめ》ぞ奔る悉皆店《しつかいてん》「萩屋伊兵衞」の鬱金《うこん》の暖簾《のれん》
夕星《ゆふづつ》の紋身のうらにちりばめつわがくらはざる二月の海鼠《なまこ》
牡丹鮮黄いのち遂げたる一人《いちにん》にたれか「壽命」と言ひすててけれ
こころざしも千差萬別室生寺《むろふじ》のしやくなげにさす紫紺の沒陽《いりひ》
こころ移さむこころ映さむさは言へど水無月の水貝嚙みきれず
音樂の嬰《えい》あはれなり惡友の二人病みつつひとりは底翳《そこひ》
つゆじもの記憶はるけく黑漆《こくしつ》の机《き》にむかふくれなゐの女童《めわらは》

深謝すと言ひて言ひあへざるこころ一瞬冬の星髪に咲く

崑崙

書を讀まぬ彼奴《きやつ》こそは友　寒椿木のうらがはに咲き及びたり

もずみみはらなかのみささぎさもあらばあれ黑パンと薔薇の晩餐

酒亂の夫みまかれりしやあたらしき苗字の賀狀肩折れて著く

「遠山に日のあたりたる枯野」より還り來て悲《ひ》をみごもれり　母

二月、われの嫌惡するものえせ隱者、葉牡丹、さらしくぢら、湯婆《ゆたんぽ》

沈丁花かをらぬままに二月盡あねいもうとが風邪うつしあふ

明日より春休み無人の教室に青き白墨干菓子のごとし

姉が父連れて和泉の植木市めぐる「小便の木」の苗も買へ

獨活《うど》の木の芽和へがすらりと咽喉過ぐる刹那一音足らずの戀歌《れんか》

メリメ全集栞うしなひひるつかた途方にくるる遠き花梨

栃の花雨夜ににほひ大伯父の玩具蒐集癖死ぬるまで

墜落死したりてふ便《びん》だしぬけにとどく眞青の夜の孔雀齒朶

人刺すすべ敎へられつつ少年の日日ありきけぶりたつ松の花

新綠のいろの蚊蟵夕光《ゆふかげ》に干す未生以前の記憶の一つ

高桑不二雄よりの速達西風のなか　愛憎の憎こそまされ

「ゆゑなくしてひとびとわれを憎めり」と朝顔四分五裂のあさぎ

六分の俠氣のみ殘りける悪友に一碗の洟《はな》いろのところてん

花崎喜兵衛、尿酸・遊離脂肪酸つもりつもりて新秋に死す

萩刈ってのちのこれるは十本のゆびと十三夜のうすきやみ

契るてふことばみだりに紅葉《こうえふ》のありてそびらのあつきたそがれ

無服の殤《しやう》その父にして紺青の背廣の背うつせみのまぼろし

跛《ちんば》従兄《いとこ》の滿夫《みちを》の行方知れたりと魚津のはづれ蓮沼の西

冬霞たつやカルロス・ガルデルの「沈默《シレンシオ》」わが挽歌となさむ
怒るべきときにこゑのみゐし父と雨夜の伎樂面の崑崙
殘菊に一抹の紅　かたはらにありて觀ることと「傍觀」の差は
夢に逢ふなどとな言ひそ宿醉の君に貸すモーパッサンの『初雪』
氷雨きらめき過ぎつ　直下に百臺の廢車をりかさなりて腐る
花ひらひらぎわが三歩先歩みゆく生涯の友のその怒り肩

戰慄家族

あさもよし紀伊國少女《きのくにをとめ》金管のすさまじき「火の鳥」を聞き捨て

不犯てふことばありけり封蠟の猩猩緋ひりひりと冬旱

あるかなきかの記憶の裾にひろがりて冬の衣裳の椿 襲《つばきがさね》

たれの忌と思ひ出ぬままひる過ぎ氷片のごとき薔薇《さうび》ありにき

初戀の記憶のかけらくろずみてむかし草屋根に投げたる乳歯

感涙にはほど遠けれどきりぎしに勿忘草《わすれなぐさ》の青なだれたり

こころざしも千差萬別室生寺のしやくなげにさす紫金の沒日

かれに就きて知れるを誌せ、廣所恐怖症・辛黨・亂視・男覡《かんなぎ》

花樗 姉のアルトのさみだるるにも人の世のひかりつかのま

「二人の妻への手紙」讀み終らず四方《よも》の新綠とみにつのるごとし
七月の夜空にかけらほどのこる紺碧　わが死をよろこぶは誰
一日果つる言葉はさはれあぢさゐの藍にうるみてこの淡き生
雅歌誦《ず》するその耳もとにこゑとどき新生《しんしやう》薑《が》百グラム三十三圓
夕星色《ゆふづついろ》の葡萄わかちてわれら二人夫婦あるいは戰慄家族
動脈を鎭痛劑が走る　緋の旗卷きてグラナダは陷ちしとか
彼女のこころづくし名殘もなく秋のどくだみにおほはれし蹲踞《つくばひ》
酸漿《ほほづき》大の日輪をはなむけとせむそびらさしぐむをさなき敗者

皇帝圓舞曲

壮年のあとかたもなき夜のリラ何に執して死なざりけるか

世界全からねど今朝は罌粟畑に風死にて血紅のさざなみ

獵夫《さつを》三十韋駄天走り一瞬の夏のあらしの紺をしたがへ

皇帝圓舞曲切切とたかまりし刹那こころにはしれり蜥蜴

朱欒色《ザボンいろ》の宇宙に夏の時雨過ぐ最後に人を見らむ人はや

猩紅の綱もて曳かるる牡一匹、彼、腺病質家族の番犬

「死」を措けば生の主題のおぼろなる山紫陽花の盛り過ぎつつ

茂吉の愚に倣はむとおとづれし維納《ウィーン》突然に木蓮の花終る

くれなゐのチェンバロあらば彈かむとぞ汝鼻低きモーツァルティアン

夏に死なむてふたはごとを小耳にせり夜の蓼苗のしじなる紅《べに》

眩暈《げんうん》ののちに死にきと弟の墓は新綠にまみれて立てり

父は激怒せりわたつみに暖流と寒流の落差一メートル餘

新しき疊のにほひむらむらとたちて驅落ちの鶺鴒夫婦《せきれいふうふ》

黃ばみたる古代地圖「夏《か》」の上にしてあへぐは二十八星天道蟲《にじふやほしてんたう》

劇畫「花月」はためきゐたり白晝のがらんどうの車庫一寸先の闇

「われは世を離れて父に往くなり」と吾亦紅夕風にからみあふ

冬の光は母より來ると花まだき一樹の柊をにくしみつ

きさらぎの薄暮童女がくりかへす軍歌にいささかの薄荷の香

伴大納言《ばんのだいなごん》ひたすらあはれむを大夕燒の冷《さ》めゆくひびき

沈丁花をダフネと呼びて若かりし伯父や燦たる借財遺す

藍青の過去と言ふべしわれもまたその名を水に書きたる一人

人の戀聞きつつ寒き朝ざくら一碗の白湯《さゆ》澄みつつにごる

きぬぎぬのきぬのうすべに拂曉にはつかに見えをりし湖畔亭

誰の死後　否　夜の桐の花群に樂《がく》ゆらゆらと滿ちきたるなれ
空梅雨に深井の水の香の昇る人一人殺しおほせざる悲しみ

跋

豹變感覺

昭和五十八年初めより五十九年夏までの作品を中心に一巻三百首を編んで、序数歌集第十四『豹變』とした。標題は五十八年一月發表の「歌人豹變」による。かつまた、この「豹變」なる熟語、折に觸れて私の腦裏をよぎり、その都度輕く鞭打たれる思ひがあつた。辭書に曰く、「豹變＝豹の斑文《はんもん》が明らかに見えるごとく、速やかに善に遷《うつ》つて舊惡を改め去ることの著しきを言ふ。〔易經・革卦〕君子豹變」。なほ、この注釋には更に傍注を附して、「原意は如上であるが、近來、俗に、無節操に態度を急變する譬喩とする、これは不可」としてゐる。原意は周知のことなのだらうか。あるいは誤用が流布して、原意はとうの昔に霞んでしまつたのだらうか。いづれにせよ、私は歌人としても、常に「豹變」することを躊躇するものではない。

豹變は辭さないが、それは原意における善・惡の對立に關してではない。思へばかつて『水葬物語』の昔、私の立論はおほむね、素樸な狹義のリアリズムへの反措定を標榜してゐた。世には萬葉然《しか》らずんば新古今、寫實主義ならねば象徵主義、社會詠を採るか密室派を目指すか、これらの單純な二元論が横行してゐた。勿論、この蠻風に近い傾向は、現在でも、底流として存在する。

だが「歌」は、常に世に連れ、善くも惡しくも變つてゆく。今日、簡素潔癖な「寫生」など、歌界の表面からは消え去つたかに見え、爛漫たる「モダニズム」

も亦、探しても容易に見つからぬ狀態を呈してゐる。均一化され、歷然たる主義主張の稜角を、殊更に磨り卸した、一見非の打ちやうもない、奇妙な作風が蔓延してゐる。あまりにも慢性化して、病名すら判定しがたい、健康無比の歌群は、私を戰慄させ、それに感染したり、同病を病まぬためにも、始終緊張して、豹變に心がけるべきことに思ひ到る次第である。かつまた、私が普斷盟友として恃み、あるいは好敵手と目する一群の作家らは、明らかに、時を得て豹變し、新たなる自己を再發見し續けてゐる。心強い限りと言はう。

『塚本邦雄湊合歌集』年誌に、昭和五十五年、ロワール河畔城館行を記して後、翌五十六年は、イタリアのアッシジ＝ペルージア＝シエナ＝フィレンツェ＝ピサ＝ルッカを巡つた。この旅で既往に二度訪ねながら見得なかつた、ミラノの、レオナルド作「聖晩餐圖」を初めて目のあたりに觀る。五十七年はリスボン＝グラナダ＝バルセロナ＝アヴィニョンに飛び、バルセロナでは、眷戀のガウディ「聖家族寺院」とグエル公園に目を見張る。五十八年、南イタリアのバーリ＝アルベロベッロ＝マテーラを經て、ソレント＝ナポリ＝カプリに寄つた後、シチリア島のシラクサからパレルモに到る諸要所を見る。なかんづく、「卽興詩人」の歌枕〈琅玕洞《グロッタ・アズーラ》〉をくぐつたのは、千載一遇の經驗であつた。五十九年の初夏六月、曾遊のウィーン＝ザルツブルク＝インスブルックを經巡つて後、南ドイツはバヴアリアの、令名・悪名共に高いノイシュヴァンシュタイン城を觀る。これらの歐州遍歷は、私の短歌作品には、ほとんど痕跡を止めてはゐないが、かつての「幻想紀行」を現實の旅行に轉化する營みの中で、私自身を豹變させる、あまたの契機を生んだ。

そのかみ『水銀傳說』で私は「ガウディの聖家族《サグラダ・ファミリア》寺院垂るそれよりも乳菓食ふ父あはれ」と歌つた。おびただしい寫眞や圖版で、ほとんど舊知に等しい建物のやうに錯覺してゐたそれは、廣大な空地を隔てて望む時、巨きな、瘡蓋《かさぶた》だらけの火蜥蜴の逆立を幻想させる凄慘な寺院であり、そそり立ち、伸び上るものだつた。だが、これが或る日一瞬の光に燒けとろけ、乳菓のやうに垂れ下る姿を夢みることも、終末の世に生きる者の宿命であらう。私は百聞が一見に及ばぬことを思ひ知りつつも、同時に、二十數年以前に、見ずして直感したことを、ひそかに自祝した。このやうな豫感と幻滅、空想と既視感《デジャ・ヴュ》の經驗は、シャルトルの大聖堂彩繪硝子群にも、前記「聖晩餐圖」・琅玕洞《グロッタ・アズーラ》、あるいはノイシュヴァンシュタイン城にも多少の差こそあれ、常に隨伴した。その恍惚と痛覺も、ある意味では豹變感覺と呼ぶべきであらう。

この二年間に二度、思ひがけず「塚本邦雄特輯」記事を二つの綜合誌で編んでいただいた。「短歌」五十八年三月號と、「國文學解釋と鑑賞」五十九年二月號がそれであり、兩誌に延六十餘名の諸家の言葉を頂戴した。その言言句句は、私の現在を正しく見定め、未來を嚴しく指し示し、これ以上望むべくもない激勵の書を成してゐた。執筆の諸家と兩誌の編輯長に衷心感謝の意を表する。

第十三歌集に續いて本書も花曜社林春樹社長の高配を賜り、同社浦野敏氏の盡力を辱うした。裝訂は本文の構成と共に常のごとく政田岑生氏の宰領に委ねた。各位に深くお禮申上げたい。

昭和五十九年陰曆水無月晦日　　著者

詩歌變

詩歌變

一九八六年九月二十五日

不識書院

A五判變型　貼函附

丸背　二〇〇頁

装幀　中静　勇

戀のかぎり

たましひの聲にしたがふわが生のなかばうすあかねの空木嶽《うつぎだけ》
ラクリマ・クリスチ舌の根に沁みたまきはる命にむかふものは何
詩歌變ともいふべき豫感夜の秋の水中《すいちゆう》に水奔るを視たり
生はたまゆらの宿りか一陣の秋風が銀桂林をつらぬく
歌人となるまでの經過はおぼろにて一壜の桂花酒を贈り來し
葛切舌の上《へ》にあれど無き秋まひる郵便配達は二度ベルを鳴らす
カルヴァドス舌を灼くとき猛然と戀《こほ》し腕力を持てるものら

新嘗祭しぐれの空に咳きいりて搖るる何たる美男神官

見のこさむ夢の一つに斬奸狀道風風《たうふうふう》に書きおくべきか

霜月二日花崎遼太出奔すたしかに塋域《えいゐき》にきらめくもの

市に肩ふれしはむかしうめもどき逆手に提げてとほきひとづま

胡地に友あるにあらねど愕然とあはれくろがねの冬の茄子

臘月の月光うつそみに零《ふ》れり魂魄のわだかまれるあたり

桶の海鼠《なまこ》夕星色《ゆふづついろ》の泡まとふかがなべて未生以前の月日

鮟鱇の口の暗黑のぞき見つなにをか戀のかぎりと言ふ

甲斐神父枯れて佛のごとくなり帆立貝十ばかりたまひき
コルドバ生れの人妻にしてうつくしき嬰兒《みどりご》をさかさまに提げたり
隣家長女の落第近し立春の玄蕃《げんば》花店ルピナス入荷
懸崖の未央柳《びやうやなぎ》をややずらし覗くこれよりさきのわが生
兄は老殘姉は脫俗葉櫻の近江に泊《は》ててこころねむらず
「綺羅」「風伯」などと改元さるる日を想ふそびらを吹く青嵐
六月は萬象うるむ家妻がまれまれにはく足袋のしろたへ
ローズマリーを後架の扉《ドア》に綰《わが》ねおく夏や夏われも無官の大夫《たいふ》

青疊に寢そべつて「オデュッセイア」讀む總領抹香鯨のごとし
あやまてりけるは不惑の直後とか男世帶の印度濱木綿
夕凪に消墨色のそびら見せて男てふおろかなるものあゆむ
騎兵の伯父が殺したる敵數十人《すじふにん》天津水蜜桃あざらけし
今年の紅生薑《べにしやうが》ひややかなる紅にふとおもひいでたり諏訪根自子
死を想ふわれがうつれり晩夏《おそなつ》の新作自動車展ショウ・ルーム
いふほどもなき夕映にあしひきの山川呉服店かがやきつ

憤怒淡青

おどろくばかり月日がたちて葉櫻の夜の壁に若きすめらみこと
七星天道蟲掌上にいきづけり殺し殺し殺せ殺さむ
慧敏座主《けいびんざす》のししむらの香かさにあらず頭上過ぎたる松の花の風
雪溪のをはり華やぐ樵夫《やまがつ》が脚もてかきいだく檜材
青嵐去れり五十を晩年とおもひしばらくのちにおもはず
紅花插して後架の出窓明るめり鼻血もはるかなるおもひでぞ
六月某日乾杯したりわれのダリ嫌ひと伯父のピカソきちがひ
夏ぞあはれなるおほちちが蚊絣の片肌脱いでふけれり聯珠

君が知命以後の思惑不詳にて時に佛陀のごときくちびる

ニーチェに心酔しける過去など問はざれどびらびらと白妙のダリア

質實剛健なりける父が晩年に選りにも選つて虹彩炎

不幸なる夏をはらむと濃紺の朝顔がバルコンをはひまはる

理髪店店主丁丁《ちやうちやう》とわが髪を洗へり刹那ハーケン・クロイツ

老残の歌人《うたびと》を訪ひもろともにあはれ屋上の薔薇色の月

六十にして立たざれば嵯峨菊の懸崖に似て人の世たのし

良夜の道うちつけに汗ふきいでつうらわかき妖精が通るか

戀をうしなふことなまめかしわが秋はそよたましひに靡ける敗荷
愛に渇くなどてふことも知らざれど淡路町四丁目の柳散る
完敗のラガー默せるのみ一瞬淡靑の憤怒たちこめたりな
鼻梁秀でて沒落家系白日のもとに鮟鱇一尾提げたり
ポワンカレなどなにせむに栂尾《とがのを》の冬莓地にすれすれの實
五十五歳の淡路の伯父に子が生れ名づけたりけるその名「なでしこ」
綠衣の自轉車童子ながし目に二月の寺町の通り魔か
白魚の一椀すらやあやふきを咳《せ》きて身邊のかなしみを增す

二月盡隣家の長子醜聞にかざられてブルガリアに發てり

右傾してむげにつめたき花月《フロレアル》緋の服の道化師はをらぬか

鵟肝《フオワグラ》をのみくだすわが心中に「末の松山」てふ異國あり

晩春のわが家領する黑き影は金輪際チーズ食《くら》はぬ母

花冷えのそれも底冷え圓生の「らくだ」火葬爐にて終れども

蘇枋ちりつくして黑き幹のこる人生いたるところ邊疆

異星

沖の東を六郎太漕ぐ白珠のくだくるごとく濤さわげれば

天晴れなる落第生の男振り見よ白罌粟の實の露しとど

光なき水無月にして海松色《みるいろ》のかたつむりわが處女《をとめ》に與ふ

おそろしき初夏の東京わがゆくは半藏門か斑象門か

劍山に海芋つきさす　きのふまで母ありけるもこぼれざいはひ

鋸草突如香走る白日にわれの言葉のやいばうくべし

太極拳もはるかなるかな夕凪の四阿《あづまや》に二十八星天道蟲《にじふやほしてんたう》

夢は前世をさすらひ花川戸助六と川をへだてて住めり

よはひ到りて心をうつは愛ならず圖鑑に茂る「ぼろぼろの木」

曝涼の土藏少女のもろ肩に色をうしなひたる麻裃

あそびめに髪切られける小結の力士熊野灘ののち知らず

齒の金冠ゆるみたりけりあはれなる異變は夕映のなかにきざす

たはむれに世界の終りなどと言ひ酌むサフラン酒杯底《はいてい》冥し

未來を否定するに足りざる微溫的次元にて夜の尾花きらめく

明日は斷種手術に遣らむ三歳の犬が目犍連のまなざし

聖心女學院前過ぐるときわれの群青のカフス釦曇る

蛇口とふ凶器したたりゐるところ浴室に妹をちかづくるな

雪祭そのしんがりの若者が羞明の眼をむけたり　椿
冬の宴の料理ならざれども蓑目良のみづみづしき向う脛
世界ほろぶる前　銀冠の大臼齒ぎらぎらと恵方詣りの婆
殺したいほど羞づかしききさらぎの驛頭の處女《をとめ》らの萬歳
幼名百合若長じてとんだ遊冶郎雜種の仔らの父たりし犬
錫色の盥波だつ大海鼠彼やすやすと初心に還る
夕霞ヴィラ「猪飼野」の屋上に靑羅ひるがへれり二月盡
彼奴《きやつ》の再婚祝ひおくらむことだまのわかさの鯛に毒ふくませて

花卉種苗店販賣部部長補佐馘《くびき》られたるその夜の櫻

愛などにいかなる戀か淨まらむ眠るべしパン屋「ミネルヴァ」主人

鬱金櫻の朽ちはつるころ輪唱のわがバスを彼のバリトンが逐ふ

薔薇捨てて廚はなやぐ晩春のをさなづまはしきやし怪物

低身低頭して生き來しかしらじらと桐咲いて男の日誌絕ゆ

降魔坐

芭蕉布の帷子《かたびら》おくり來る處女《をとめ》戀すててつぎに何をすてたる

一人生みたるのみに孤りとなり果てし母あはれ綠青のなつごろも

出征をおくりにけりな歳月のふかみにうるむ人の名「栗花落《つゆり》」

六月のかく燦然と水際にシェパードを打ちすうる女人

青嵐過ぎたるのちにはしきやし兄哥《あにい》が降魔坐の長き脚

寝室のちちははを見ばひととせのなかば過ぎたる夏至のくらがり

淺蜊汁夏なほぬるし口ずさむ「オノオノソノココロザシヲトゲ」

晩年にいたり詩歌と別るべし肝膽に沁み入りて苦瓜

アメリカ獨立記念日にして獨身寮出口の塵芥箱《ごみばこ》の鹿の子百合

哲學のしきりかなしも短夜に小便の木は露滿つる刻

いとし亭主のポルトガル文「質におく女房もなき葉月かな」とよ
逐電して死にたる祖父のかたみわけ浴衣一枚六彌太格子
世に處するむなしきこころ白妙のさるすべり散り水さわぐなり
海軍大將の曾孫とか聞きて三日經つ　女郎花が臭ふ
孤りならざる刻がおそろしさもあらばあれ青鳴のくもれる眼
銀桂のやみにおもへば塵芥燒却爐に炎ゆるわれの歌反故
霜月いたる殊にこころのかたすみにうなだれて柑子食ふ次郎冠者
秋風に雲母《きらら》のごときまじれるを言へりしがきのふはや不歸の客

女以外の何か熱愛するわれに蹤ける凶状もちのシェパード

素戔嗚神社に鈍色の幣《ぬさ》元旦に處女《をとめ》ゐて眩《くるめ》くばかりうつくし

あたたかきゆふべきさらぎ車駐めてみどり兒に深淵を見しむ

淡雪は水湧くところ降りのこす歌はざる口げにうるはし

きみの誕生三月朔日もしや糜爛性毒瓦斯を使ひそめし日

薔薇苗を逆手に提げて人の戀わらひつつ身のすゑがおそろし

シモーヌ・ド・ボーヴォワールも一塊の炭となりしか金蓮花萌ゆ

春嵐あはれ顛倒したりける青二才うつくしき泥濘

何に向きてか深き禮《ゐや》せり晩春のホテル・アリスを出て來る父が

花蘇枋われは童女を侍らせて死ののちの死のことなど想ふ

われの過去知らばあやめむ莫逆の友とながむる夕映の瀧

曇日《どんじつ》の底のよどみに白牡丹咲いて一人《いちにん》の貧あらはなり

流連

死の何たるかを知らしめむみどりごに麒麟麥酒《きりんビール》の泡ふく麒麟

突如涙《なんだ》あふるるばかり芍藥が似あふ　まさしく無賴漢の墓

いづこよりきたりしものぞほそりつつ齒科醫師會館前の氷塊

青嵐はためきすぎぬ釋迦牟尼とイエスに妙齢の弟子あらず
高砂の町はづれにて初夏の看板の「めし」の白抜きあはれ
火星ちかづく夏といへるに隣家には何ぞこの窈窕たる少女
うるしやみに一抹の銀　天竺屋清三《せいざ》の琥珀糖子がふふむ
來む世には遊女を飼ひてその中のさびしき一人「もゆら」と呼ばむ
偶發事件といふべし星ヶ灘鬩と背合せに坐し食ひし葛切
葉月某日白雨ありしが女手の芹川不動產破產せり
今生のねがひ何なる六十を越えつつ男郎花が泡だつ

二一天作の五の天作のそのごとくはしきやし空壜の夕映

素行調査書は雁皮紙のふくろとぢ二枚目に父の漁色を報ず

白壽かならずしも遠からずあかねさすあけぼののわがこころさわぐ

割烹「風」を追ひ出されたるドン・フワンは額《ひたひ》すずしろ色の端板《はないた》

晩年と呼ぶべき時は逸しつつほのかなり秋の麒麟草の實

玄牛の疾驅そびらにかはしたる鬪牛士一瞬のはなびら

蓴菜《ぬなは》くらひつつ思ふ在マジョルカのショパンに肉の欲あらざりし

他界より無音つづきて霜月の酸漿の皮紅羅のごとし

あらぬ世の文借を濟《な》すごときかな夕蠓《ゆふまくなぎ》にさからひあゆむ
まこと母はわが母なりやきざまれてくれなゐの海鞘《ほや》手鹽の上に
冬暑しわれが數百《すひやく》の偏見のなかなるひとつ赤彦嫌ひ
くれなゐのジャケツに頸のまはらざる睦月にて一歌人流連
ヴェローナに身はむかひつつそらみみに聞く蘭蝶のへ緣でこそあれ
風邪おもりつつあり蒼き曇天にさやさやさやと影の木蓮
歌を得たりと思ふ四月のあはつけきわれのこゑうつそみを離るる
花冷えの或る日かなしく「車」とふ文字のしくみにすらほほゑみつ

他界なる伯母にぞ告げむかなしけど漢字「薔薇」は野茨のこと

大蓋木の梢曇天にふれゐたり争へぬ血のたまゆら蒼し

佛弟子の名のうるはしくまがまがし阿難陀・羅睺羅《らごら》・摩訶劫賓那《まかこふひんな》

さにづらふ

母の忌といささ風吹きけふのみは女人を思はざる柿の花

みなづきに往きて住みなむうつくしき國たとふればなまよみの甲斐

戀人よ蚊帳吊草《かやつりさう》を知らざれば來よ見せむ孔舍衞坂《くさゑざか》の崖下

白花極樂鳥花《ストレリチア》剪りつくしたる地に沛然として降《くだ》るものあり

女敵《めがたき》の死後はいかにとたづね來し塋域《えいゐき》に縷《る》のごときなでしこ

青嵐花のにほひに吹く夜とてまた〳〵道は六百八十里

親不知かつ戀不知はしきやし柔道五段の向腿《むかもも》に夏

論戰にわが破りたる友がかなし熟瓜《ほぞち》割くなどおもひもよらず

夏の薔薇くづれをりけり愛するはむしろうすわらひの太郎冠者《たらうくわじや》

みすまる坂眞夏夜市のすれちがひざまに聽きたり「網膜剝離」

生れ生れ生るる前にあかるくて隣家に嫁かざる三灰姫《シンデレラ》

青蓮院前の男女の人だかり冷凍車より何かおろさる

拳闘家くづれの婿がねむりをる大月市にはいかなる星月夜

いくさ勃るべくしてしづかうつせみの空心町も去年《こぞ》ほろびたり

薔薇垣荒れてかなたこなたがつつぬけに見ゆる秋袷のまるあらひ

菊花展うしろの道がぬかるんで燦然たりわが既往の悪事

死もまた愉しと思はざれども秋冷の禁煙車に緋の衣の少女

初潮まぢかき子にをしふべきことならねくらげを水の母と書くこと

妻籠の友さにづらふ屋の上に夕空霜月のすみれいろ

忘られぬわれもてなすと人妻は炭俵の腹刃もてひらけり

白粥の膜ふるふると波立ちてこのやまひ死後も癒ゆるなからむ

新妻が牛蒡ひきぬくきさらぎのあかとき黒きこと三、四尺

一人殺され一人は死んであさもよしきさらぎやよひ日うらうら

寒も終りのとある夕暮十姉妹少女生薬店に消えたり

雅音院《げおんゐん》住持あゆめり逆風に何のなごりの高頬のきず

彼奴《きやつ》を撲る夢を冬夜のよろこびとしつづけてつひに芽ぶけり石榴

薔薇小僧と呼ばれゐしかな三十で女衒《ぜげん》となつて栄ゆる末路

春疾風《はるはやて》高速道路入口の門番にうつくしき娘あれ

忘れ霜牡丹荘嚴せり父母の五十回忌を修する不幸

エンサイクロペディア・ブリタニカ賣り拂ひ養老院の華と謳はれよ

火星過去帖

あかときのこゑ濃き縹《はなだ》はつなつのわれに懸命の調べあるなり

「美少年」一瓶わしづかみにして耳翼くれなゐさす巨隼人《おほはやと》

しのつく雨が一夜つづきてうそさむき紺の夜明のベルイマン

甘海老の一尾のみどを過ぎゆきつ啓蒙の啓ふとおそろし

花婿《はなむこ》の親友にして霜月のあからひく火星よりぞきたりし

二人行けど行きすぎがたき立春の店仕舞「クロコダイル」靴店
ながらへたる母と姉との毒舌のうまみ夕櫻の白きこと
盤白柚《ばんぺいゆう》むく手力のすさまじくたましひといふものがここにある

虹顔

人を呼ぶにその含羞のひびき佳したとへばうすみどりの「花婿」
われが詩歌のほろびを言ふにみなづきの　杏《からもも》少女《をとめ》もみもみとして
瀕死瀕死といひてひさしき詩人《うたびと》のあるいは生に瀕しつつあるか
萬遺漏なく葬りをはりぬ童顔のいまいましき女《をんなたら》蕩しなりしが

密通のみのりといへどをわらはの眉目虹のごとあきらかなり

天使魚の瑠璃のしかばねさるにても彼奴《きやつ》より先に死んでたまるか

熱田郡《あつたごほり》に婿入せしがはや還り來てうすべにの石榴の芽

ひなまつりつひのあはれは隨身《ずいじん》の重籐巻いたる極微《ごくび》の弓

遺言の二行抹消忘れゐしことおもひいづ馬醉木《あしび》の殘花

人血羹

紅葉溪行きの車掌のバッソ・プロフォンド他界へはどこで乘り換へるのか

姉に死なれてむりにかなしむ姉婿がかはゆし上賀茂蟬ケ垣內町

われの生と彼の死の間五、六歩に蛇の髭の實のラピスラズリ

支那料理鳳凰文の鉢割つてこの世しびるるばかりうるはし

四條畷のつりがねにんじん瑠璃冱えて今業平の單身赴任

行かばくらやみの燧灘すみやかにわれらがたましひは干つつあり

陰陽博士《おんやうはかせ》尾羽うちからし晩秋の柿原鮮魚店右どなり

老いてはじめてうつくしき父秋風の吹きぬくる雪隱におもへば

たぬしき冬いたるべしくれなゐの絨毯にうすずみの家蝨《いへだに》

銀碗は人血羹を盛るによしこの惑星にゐてなに惑ふ

餘寒ゆふぐれあはきひかりに佇《た》つわれや魂魄は金箔のたぐひか

前略　拜受の牡丹苗その翌晩の出火にて行方不明に候

シラノは美貌の友に殉じき立春のわが口中に峨々たる齒

枇杷の汁股間にしたたれるものをわれのみは老いざらむ老いざらむ

愕くなかれ

小豆粥冷えわたりけりみぞるるは神州天馬峽のあたりか

チャイコフスキーと絶緣して二十年經《た》つ寒夜芒の海

驛長愕くなかれ睦月の無蓋貨車處女《をとめ》ひしめきはこばるるとも

紅鶴《フラミンゴ》ながむるわれや晩年にちかづくならずすでに晩年

歌を量産して大寒の日々ありき蓼科《たでくわ》ままこのしりぬぐひ萌ゆ

冥からむ年の始めの初夢のきりぎしに立つくれなゐの褌《こん》

つゆじもの涙ぞにじむ隣人は飼犬を高千穂と名づけし

もゆら

繼女房のフランス便りただ一行「カルヴァドスにて林檎を叩き落す」

睦月朔日《むつきついたち》眞青の眞晝清げなる娼婦があゆみ入る一の宮

紅梅白梅暮れよ祖父《おほぢ》が若き日はこぶしもてぬぐひたりける涙《なんだ》

うすべにの女童《めわらは》にして繼父《ままちち》を得たり寒《かん》ひでりの一日《ひとひ》なり
貝寄風《かひよせ》にこころほとびてゐたるとき高速道路玉突事故

雨月十六夜

靑大將ちらとよぎりて空梅雨《からつゆ》の近所合壁はなやぎにけれ
爲朝百合ずばと剪《き》つたるあかときの少女ぞかぐはしき血の器
空にあれば空の煉獄　極彩の背黄青鸚哥《せきせいいんこ》戀におちたり
雨月十六夜《うげついざよひ》惡友三人《みたり》相つどひやさしき言葉もてわれ殺す
晝あまり深かりければ女手に薙ぎ倒したる秋の麒麟草

霜月の奈良に泊りて買ひ來しは不銹鋼《ステンレス》鼻毛《はなげ》剪《きり》鳥頸《とりくび》鋏《はさみ》
戀の終りはあざらけくして七分身削《しちぶしんそ》がれたる十二月の鱒

詞花變

雲の中あゆみきたりて一莖の花得たりくれなゐの言の葉
花てふ一語に執しはつなつの點眼のうすむらさきのしづく
うみほほづき買ひ來し父よ誰《た》がためにはたらきづめの虛《きよ》の五十年
にくしみをかなしみとして晩涼の日々ありにほひたつ花茗荷《はなめうが》
歌百首成らざるままに秋果てて雲母《きらら》刷く淨瑠璃寺のもみぢ

たまかぎる

豪放の父こそほろべしかすがにななくさの名のをはりすずしろ

一片のわが漆黑のこころざし童女海石榴《つばき》の下にほほゑむ

夜《よる》のひばりのこゑおそるれば死のきはの枕頭《ちんとう》にしてきらめく砂金

こころまづしくしてうつくしき初夏の苗市・魚市・男の市

しあはせのしたたるばかりなるまひる幽靈が向日葵の方へあゆむ

歌に會ひたる日を念ふだにゆふかげのくらぐらと吹かれつつある紫苑《しをん》

朱の硯洗はむとして息を呑む戀人よみごもりつつあるか

戀の父六腑くらめば「玉蜻蜓《たまかぎる》　髣髴所見而《ほのかにみえて》　別去者《わかれなば》」とや
正信偈「極重悪人唯稱佛」まで來てひかりかするるほたる
夏の光さむし不在のわかものの部屋の砂時計の緋のいさご
螢袋つゆけき今朝をどつと夏になだれ入るラグビーの泥足
彼奴《きやつ》の死がわれの三年前ならむことをぞ祈る　瑠璃色蜻蛉《るりいろあきつ》
曇日《どんじつ》のはやとびらさす牡丹園須臾《すゆ》しろたへのかげかさなれる
愛の所在さだかなりけるその夏のすゑにうすぐもりのところてん
デュマ・フィスのそれも駄作の「椿姫」吹くきさらぎの疾風《はやて》うすべに

歌棄

きさらぎの娶り何をかめとりたる美しき飄《はやて》ここにとどまれ

わが歌の終焉を見ば慈姑田《くわゐだ》にここだたばしる二月の霰

血をふふみ夜の齒科醫院出できたるうつつ山海經《せんがいきやう》のしほざゐ

崩御《ほうぎよ》とはかぎらざれども鮮紅の夕映ののちに何かがおこる

こころ冱ゆることかぎりなき頽齢の三月盡《やよひじん》處女一匹買はむ

母に謝することなにあらむうづく齒にさやりけるあつものの蓴菜《じゆんさい》

ふりかへればまた父戀のはじまらむ紅梅の空炎えつつ寒し

アナクレオンなど歌の泡あざらけき五月の聲はたとふれば　爆！
にはかに昏る雨の花桐われは明日猛き齒科醫の手にかかるべし
父たりし記憶片々たる故園木洩れ陽の金《きん》こころを殺す
波羅羯諦《はらぎやてい》とうたた唱ふるきみのまへ突然にはしきやし銀蠅
柿の花巓頂におつるいつの世のわれや美作《みまさか》にえにしありけむ
藥石效無しと念ふにおほちちの緑內障のまみどりの天
六月の過ぎゆく早し今宵吾《あ》をうちすゑてなまめかしき音樂《ムシカ》
總領の婚約者てふたたなはる過去引きて眉のあたりの谿

萬國旗の知れたる國のみなほろび無人博覧會野分中

泊夫藍擬《サフランもど》きの曇るうすべに某夫人の捨て子きららかに生ひたちたり

こころすつること易くして七月のわれをすずろに誘ふ「歌棄《うたすつ》」

哀《あい》別《べつ》離《り》苦《く》怨《をん》憎《ぞう》會《ゑ》苦《く》のなにごとぞ泥鰌買ふ晩涼の市にて

葉月の空を鷺わたるとぞ寝屋川のにごりねぶたきわが戀ごころ

流連の父まれに在る朝餐にヴィヴァルディ、黒パンの青黴

金傷《きんしやう》のいたみかすかにあらはるる母がわれ生むまへの初戀

銀三十枚しうとめに貸し夏ゆけりかならず他生にて濟《な》さしめむ

汝らの蜜月は疾《と》く去れども浴槽に落鮎ののこり香

桂花陳酒の甘ゆる咽喉《のんど》すみやかに忌まはしき時代に移りつつある

某《なにがし》のすゑのむすめが五階より飛びおりそこなへり　銀霙《ぎんみぞれ》

緋鯉少女寒のプールにはためけり父われこゑのみて立ちさらむ

戀終り金色の雪ふるおもひこの夜たわわにわれは老ゆべし

暗紅の萬年青《おもと》の冬果《ふゆみ》うたひける歌人《うたびと》ありき歌はあさまし

霜月の霜あたたかし眞處女《まをとめ》がこころに孵《かへ》す劍龍《ステゴザウルス》

紅杯樂

歌に果つる一生《ひとよ》と想ひ念はざるゆふまぐれくれなゐのさかづき
山櫻うすら冷えつつ遠ざかる夜を他界よりきたれり言葉
連翹連翹連翹さむし亡き友がこのあかときを咳《しはぶ》きやまぬ
父の忌はけふうつくしき無頼漢そののどぼとけ見せにかへれよ
牡丹白妙眞紅鮮黄かすみたる言葉はひきすゑて刎《くびは》ねむ
戀敵敬して離《か》るる水無月の痲服痲のにほひしるし
愛人の息はげしくて掌上《しやうじやう》の石榴の龜裂《クレヴアス》を深うせり

ちちははのしきりににくし殘照の果てに淨瑠璃寺も枯れたるか
七種粥の中のすずしろ蒼白のあけぼのにしてうるむ男體

悲愴遁走曲

みちのくに霰ふれるかわが身よりゆゆしき歌ごころ湧きいでつ
イクラ月光色の霜月舌荒れてわれは言靈に見はなされたり
象牙海岸に暴動　知らずわがひるげ葛切の白きさざなみ
戀人にえらぶならネロなどと言ひき風邪ごゑくもりつつ伊良子崎
バケツ薔薇色のうすらひわれのみか歌人は永遠に悲愴である

ある日歌をすてて六根あきらけくひひらぎに夕霙雲母《きらら》なす

正法眼蔵《しやうぼふげんざう》より一歩退《ひ》き鬱症のなんぢ枯蓮の沼の上あゆめ

思へばきざす寒の身熱わが祖《おや》は渤海を「ふかきうみ」と訓じき

愛人の忌が父母《ふも》の忌に先んじて二月蜂蜜に溺るる匙

父のあはれの底ぞ知られぬ白罌粟を蒔けばすなはちあさきくれなゐ

五月終るべし歌人《うたびと》のまなこより山河はくらきよろこびに滿つ

青水無月の何青からむ忘れつつしかも武者小路實篤嫌ひ

文月二日女人にふれつあかねさすとは素戔嗚《すさのを》の枕詞

三日歌を思はず生きて晩涼の結崎《ゆふざき》に百合の香のうしろかげ

歌すつる一事に懸けて晩秋のある夜うすくれなゐのいかづち

斷絃

決定的な傑作を一首書いて、それつきりいさぎよく短歌と別れようと思ふ。その思ひが間歇的に起り始めてから既に久しい。たしかに、時として秀作とみづから恃み得る作品は生れる。だが、それを歌の別れの最大要因とするには、いささかならず抵抗がある。そして、この次少くとも、そのやうな絶唱を含む大聯作を一篇創り上げてから、それを記念として、綺麗さつぱりと歌を捨てようと思ひ直す。歌帖はふたたび座右に戻る。空想の傑作、夢の絶唱を思ひゐがくことに、それが實現した一瞬以上の歡びがひそんでゐるのだ。ネガティヴな發想に變へるなら、そのいとなみは無間地獄に似る。つひに實現することのない夢に懸ける苦痛、それから完全に解き放たれた時、作者は無期徒刑から自由になつた囚人さながらの歡喜に雀躍することであらう。だが、その次の一瞬以後、死までの時間に思ひ及ぶ時、彼は慄然として、また畢生の秀歌を幻想し始める。

失樂園

青棗《あをなつめ》さやぎさやげり老年をあはれ熟年と言ひくるめたる
モーツァルテウムの扉を夏の時雨《しぐれ》過ぐ彼の死を歡びしは誰ぞ
はるかに花ははためき水の上のイエスの裾のごとき夕顔
老衰のかくすさまじく蘭亭序《らんていのじよ》の蘭を亂と書きあやまりつ

ポスターの失樂園圖群青《ぐんじやう》の地にアダム立ちほほゑむ臍

忘れざらむ晝食《ひるげ》のぬたの白き茄子《なす》戀のなごりの口にひびき

薔薇紅茶こよひ香に立ち養老院最古參大伯母《おほをば》の往生

にくしみはわれこそまされ白魚をすすりあげつつ遠き春雷

露滂沱たり

戀ひ戀ひてことばやつるる夏三月《みつき》六腑はるけき潮の音する

スタニスラフスキー忌こそわが誕生日洟色《はないろ》の蝦蛄《しやこ》笊にひしめき

托鉢の若僧《にやくそう》眉目秀麗なり熱湯の碗をたてまつるべし

わが秀歌半旗のごとし黃昏《くわうこん》をしろたへの秋風にむかひて

歌にあらざるものぞ戀しき一身にその日その日の露滂沱たり

ブイヤベースに對《む》きあふ若き論敵が一瞬銃孔のごとくまぶし

掌《て》よりはみだす佛手柑一顆しかすがに世のすゑ近みつつ遠ざかる

美しきかな神無月ゆふぐれを湯冷《ゆざ》めしてサッカー童子鳥肌

妙齡一人たづさへて來し秋風の旅　矜羯羅《こんがら》が立ちはだかれり

秋は秋の濃き水のあぢ語りなむ眞珠母のその母がおはさば

露けしと言ひつついたく歌ごころおとろへき火達磨の秋刀魚よ

總領の親不知《おやしらず》齒まだ　金色の裏字玻璃戸に喜志齒科醫院
歳越えてうつしみくらしひるさがり讀初めはヤコブス「黄金傳說《レゲンダ・アウレア》」
撞著して試論成らざる一日のすわりなほせばはたと立春
妻二人ありと聞きしが六曲の捕鯨圖にきさらぎの烈風
あまたの夜ありありてのち柑橘は花きざし死者あまた明るし
綺麗事といはばいふべき花蘇枋《はなずはう》の枝《え》に縊れたるイスカリオテのユダ
歌ありし日の夕つかた望みける山櫻なりふるへやまずも
いづくにか紫陽花にほふ夜《よ》の硝子倉庫が硝子はこびつくして

饗庭野《あへばの》の沖あゐねずの水たまりわれは虹の根を見とどけたり

白晝のおもへばくらき心奧《しんあう》にひとつ螢の翅ひらくさま

跋

玲瓏變

前歌集『豹變』の後、昭和五十九年秋以降六十一年夏まで、約二年間の作品を纏めて、第十五歌集『詩歌變』とした。歌數三百三十三首、うち百二十首の未發表作品を含む。第十二歌集『天變の書』以來、三度「變」を數へることになるが、ともすれば退嬰と怠惰に通ずる境遇に安住しがちな年齢にさしかかつて、時時刻刻、春夏秋冬、敢へて「變」を企て、あるいは待ち望むに及かずと、みづからを勵す意味で、この題名を選んだ。

序數「第十五」も、私にとつては「一・三・五・六・七・九・十・十三」等と竝んで、拔群に愛著が深い。すなはちこの數字は、私の最初の長篇小説『十二神將變』の大きな動因となつた「魔方陣」の、四隅・四維・縱・横・斜の「和」の數字でもある。また、この方陣、四九二・三五七・八一六を以て成る中心の「五」こそ、そのまま九星の中なる五黄に通じるが、昭和六十一年本年は、その五黄が、方陣通り中宮に來て、「暗劍殺」を生まぬ歳廻りでもあつた。數字にまつはる謎の幾つかは、私に、時として、言葉以上の愉樂を齎してくれるが、なかんづく方陣と完全數の不可解な魅力は盡きることがない。

これらに嚴然たる法則が内在し、それゆゑに、これを基盤として、あらゆる變化が生れるやうに、あるいはまた、八度音程《オクターヴ》の千變萬化によつて、天來の至妙な旋律が生ずるやうに、短歌の五句三十一音なる黄金律は、作者一人一人の詩魂と美學によつて、次次と、古今未曾有の詞華を生み出す可能性を持つてゐる。すべて現れ盡したかに見える二十一世紀寸前の短歌に、いかなる「變」を招き、歌ひ、奏で得るかに懸けることのできるのは、あるいは世紀末歌人の特權であると考へてもよからう。少くとも私は、その特權を行使する前に、最少限度の、現代歌人としての使命を果したい。

作品群のほぼ中心部にあたる昭和六十年仲秋、私が選歌一切を司る誌「玲瓏」の創刊準備號を刊行、本年一月に創刊號、四月第二號、七月第三號と、順調に季刊出版を續けてゐる。すべて書肆季節社政田岑生氏の方寸から出たものであり、かねてから志を一にして來た歌人らの熱意の然らしめるところであるが、私自身も、この誌を得がたい場所として、「選と呼ぶ名の創作行爲」に勵むと同時に、次次と短歌・評論・隨筆等の新作を發表し續ける所存である。百變・千變は勿論のこと、つひには「神變」に到りたいものである。

創作の糧としての、恆例の歐洲旅行は、六十年七月末から、葡萄牙・西班牙に遊び、かねて念願の聖地スペイン西北部のサンティアーゴ・デ・コンポステーラと、ショパンゆかりのマジョルカ島を經巡り、六十一年七月初旬には、バルセロナで三度目のガウディに見參、ピレネー山脈を越えて南佛の諸都市に赴き、鵞肝《フォワ・グラ》と松露《トリユフ》を飽食した。

本歌集は、初めて不識書院主中靜勇氏の手に委ねることとなつた。氏は舊知の一人であり、殊に畏敬する本造りの名手、しかも同書院の創業十周年に當つて、私の第十五歌集を手がけていただくのも、詩歌の神の稀なる恩寵によるものであらう。自祝したい。

昭和六十一年九月八日白露

著　者

神變詠草・五　『贖罪帖』

【凡例】

一、日本現代詩歌文学館に収蔵されている、塚本邦雄自筆の「歌稿ノート　一九五四・五～八」を翻刻した。

一、歌稿ノートは、塚本邦雄が追い求めた歌境を象徴する「神變」という言葉を用いて、「神變詠草」と総称することにした。本編は、巻頭の歌に因んで、「贖罪帖」と仮に名づけた。

一、翻刻に際して、漢字は正字表記とした。仮名遣いに関しては、自筆通りとした。

一、推敲の跡が見られる作品は、可能な限り、自筆ノートに忠実に翻刻した。

一、作者の誤記と思われる箇所や、仮名遣いの誤りのある箇所も、原文通りに翻刻し、「ママ」と傍記した。

一、自筆ノートには推敲の途中形のものがあり、五七五七七の定型に納まらないこともある。

（一九五四年）五月

舊帖拾遺

夜の雨にこころはゆらぐ鹽田の砂贖罪のごとく濡れゐむ

櫻桃にひかる夕べの雨　かつて火の海たりし街よ未來も

黒漆のアラビア馬に賭けたりきさむざむと夏の夕べをかへる

枇杷の種火なき火鉢に吐きにけり　濃霧のごとき灰かぐらたつ

人いきれいまださめざる空室に夕光りさす額のモナ・リザ

巴丹杏《（ママ）》ひとなき卓に輝れる夜　艦隊はとほき沖に生れゐむ

愛のことば泉なすとき夕やみのはてに軋みて鳴る手風琴

暗き日はみどりの翳りもつ瞼　ひと知れず古き希臘を戀へり

老司祭過ぎにし戀を少年の彈くオルガンの音に羞しみぬ

氷河とほくたそがるる部屋　熟れやすき杏と汗の冷えゆく四肢と

重き掌の肩にあるとき夜の森のさわ（ママ）やかにしてにがき木々の芽

復活祭過ぎてやすらかなる街のよあけしきりにふれる死の灰

さしあぐる墓標のごとき吾らの手こえて砲車のゆかむ綠野よ

火事あとに釘踏みて來しあなうらが熱かりき仕掛花火を見つゝ

地下酒場に湖沼のにほひ戀ひてきぬ晝花火みし後の渇きに
體育館　内部ともりて青年の汗ひかる鐵の吊環はゆるる
恢復期過ぎし娼婦の手にありて翅すきとほりたるかへでの果
基地めぐる夜の薔薇園に銃眼はあまた光れり薔薇衞るため
惜しみなく愛せざりけるつぐなひにまとふ葡萄酒いろの囚衣を
馭者あゆみ去りし昧爽《よあけ》の甃石に蝶踏まれ黑き紋章のこす
紅蓼のたのしき芽生え玩具用戰車製造業破產後に
新しき防火扉にしきられし藏ふかく鳴る古典樂器ら

船待つと老いし移民らむらがりて月昏き夜の羽蟻をつぶす

ランプ吊りて鮭を食むなり絲杉のぬ《濡》るる危ふきしづけさを背に

砂ぼこり髮に軋める午すぎの燈を木苺のやうにともせり

月光旅館あかつきに發つ旅人の乾きし髮にゆびを絡ます

サーカスの樂絶ゆるとき青年の汗光る肉軋めり宙に

啓蟄とやさしきものら現るる邊に濡れてやはらかなる赤煉瓦

洋樂の街ゆくときも青年の髮にまつはる硝煙の香を

結婚の夜の脂汗乾かざる木沓の中の新調義足

炎天の黒き運河のいづこよりひびききて心冷やす喇叭か

シャヴァンヌの「愛國」の繪にありし鎛　つかれしときの心にうかぶ

午過ぎし暗き竈に天牛蟲は死をよそほひてゐき後知らず

牧人の腰、闘技者の厚い胸、珈琲商のさわ《（ママ）》やかな鬚

繪畫史の聖餐圖また展きみむ　麥こがし賣過ぎゆきぬれば

(いくさの日戀ひし)《かって愛せし若き》農奴(か)《よ》花椰菜花もつとまたにくしみきざす

空港をへだつ樹林に月さすと翅透きとほり散るかへでの果

ひとで飢ゑゐたり廢墟にひらかれし水族館のいつはりの海

夜の旗みどりのやみに重く垂れゐたりき　もろきこころの砦

六月

青年が熱き街湯に石鹸のもりあがりたる羅馬字耗らす

棕梠の花の黄が生々しゆびさきを舐りてはめくる出埃及記

棕梠の花（かたまり咲けり立膝にとばし讀む好色一代男《過去にも黄なる粒々のぬれゐし記憶あり　娶らざる》）

肉と花としづかに饐ゆる冷房の壁にねぢまげられたるパイプ

むしあつく愛なき日々の經ちゆくと葡萄つぶれてしたたるくりや

枇杷（籠《の果》）と若者の腕こすれあふ電車疾走せり　あかとき（を《へ》）

薤(を)のなくなりし酢に夏を經し滓ゆれて不和終局いたる

司祭肥えて棘はりがねのからみたる窓より花街明けゆくを見き

語(れ)《ら》ざる過去につづきて瓦斯管の地に(入)《没》るところ白く乾けり

搖籃にしたたるにがき水　それのみなもとにつぼみふくらみし百合

ながれゆく失意の刻よ水槽にはなちし桃の水はじきつつ

青年にあひてその夜をくむ水は唾液のやうにねばる地下水

産院にこはれかかりし鳥の巣が濡れてをり　夜の刻迫れども

オーストラリア兵雪白のタオルまき起ちゆけり　あつきひるのゆあみに

七月

(中年の善意みちたるあぶらでを重ねき)《たちさりし神父の善意なまぬるくただよひ》漆かは《(ママ)》かざる卓

安らはぬ眠りに入らむ夏ひと日ぬれたる崖をいくたびか見て

氾濫ののちのひでりのだるき手に載す黄銅の秤の(あ)おもり

浴槽にあたらしき黴にほふなり　つたなき古典悲劇観し間に

父母の遺影《(面影わすれき)》もたねば風琴のひかりとどかぬ内の樂音

舌あつく雅歌誦しをはる　ひとり身の神父の厚きむねにむかひて

梭魚子に白緑のかび　わがむねに三たび主を否みたりし使徒生く

曇りやすき聖金曜日　子のためにフォークもてかたき水飴すくふ
七月の人と無縁に生れ來し複眼のうるみゐるきりぎりす
飜譯劇　錢出し見ると洋傘の列よしづくにとりまかれつゝ
橙黄の玩具の汽車を焚きてより酸素稀薄となりたる煖爐
愛と死のゆくへきらめく日沒の下水をのぼりくる水素あり
心にはつもるおびただしき砂にうづもれぬいつも若き死者の眼
家々に死は日々におとづるとかなしもよ水にうかぶ鷄卵
夏ふかき北歐の市に汽罐手が見し飾り畫のくらきガラス器

食卓にこぼれしソース不吉なる運河のすぢの燈にかがやきぬ

冷藏庫のつめたきやみに南國の晩熟の白き桃發光す

はやりうた患む耳を刺しすぎゆける傍に溶けてながるるバター

氷嚢のぬるきしたたり　白馬を冷やせしとほき河にながれよ

水飴が王子結婚してをはる繪本と古きたたみをつなぐ

華燭後のつめたきゆびに剝かれむと冬(あさき)《黄なる》梨くびれて熟す

夏ふかき市《まち》(を)《(に)》もどりて機關士《きて》が見し北歐のくらきガラス器

聖母讃歌　和音のなかに孤りなるこゑ徹し少女まづしき眸なす

地の渇きはげしき夜は至らむと向日葵を伐る黝《（ママ）》づむ蘂の

夏風邪に臥せりかなたに日は照りて銅色の厚き鑢紙乾す

向日葵をめぐらし棲めり夜の海より流れくる不安あるゆゑ

外人部隊の中に（いくつか黒き眸がありき《渇きて人戀ふる眸あり》）かやつり草に風たち

外人部隊はげしき汗の香をのこし行けり　かやつり草に風たち

中世の庶民の哀歌ほろびつつ生く　地下水のにごる一隅

甘藍の芯ひややかに露たもつ　火刑を知らず果てしキリスト

キージェ中尉の樂ながれきて寒天は欲望のごとかたまりゆきつ

盗難のかきまはされし部屋に繪がのこれり　ピエタ血の土耳古赤
あたらしきよそほひの街　年經たるつけものの香は母のひざより
家々に微笑は滿ちぬ　晩餐の禽　漆黑にうち伏せしかば
珈琲黑く煎られたる朝　勞働者らは肉魄（ママ）のやうに眠れる
煉獄の記憶古りつつ立葵咲けり煤けし街空のもと
天金の書われに（あ　た　へ　て）《のこせり／のこして》（曇天のもと）《はざくらに》朴齒・《を》鳴らしゆきてかへらぬ
ねぎの花少女ら耳に卵なす石飾り切にみのりゆく地
電線のほつれて赤くたるる邊をいそげり　ひとの（華燭の宴）《晩き華燭》に

青葡萄ぎつしりつきし果をひとつふくみて暑き喪章をうでに

いま逢ひてそれもたちまち(過去の《すぎゆける》)戀　喫泉・《の》ゆるむ(あつき)廣場に

兵に似し憊れし影ら　燻製の鯡をもちて巷ゆきける

少年の(かがや《きらめ》)くひとみ　展翅板上のみだるるなき死を閲《けみ》す

戀人をきのふうしなひ　夏帽に(駝鳥の羽をかざりて《うすきほこりをかむりて》)ゆける

麥稈のにほひがそこのくらがりにあり(て)いつまでもかは(ママ)かざる髪

麥稈帽むぎわらの香のふとたつをかむり男らきびしき眼なす

綠蔭のゆりかごにある眼に見えぬ隙よりこぼれおつる死のかげ

黑人靈歌綠蔭をただよひゐたり　ほしえびをぬるき水にもどすも

まづしきひるの眠りより覺め見たる街人みなの皮膚光りはじきつ

（太初ありし言いづくに《混血の兒ら群れあそび》）炎天のアスパラガスの葉が霞なす

紅海を乾したる奇蹟信ぜむに眼つむれば瞼のうらの血が見ゆ

熱さりて尚もゆるもの舊約に見し合歡の木も燈油も

奈良もひでりなれどやさしき心もて過ぐる京終・帯解の町

男らはやさしき眸してむぎわらのかたき帽子をかむりゆきける

印度カレーのにほひが客間にもあふれカンカン帽をおくところなし

死と少女をはりしラヂオ　たのしげに強風注意報發令す

旅（ゆきてあまたまづしく）《ゆふべ手足汚れて》かへりきぬ　夏（ゆふべ）《ふけて》（濡れし）《よはき》街中の蝶　「よはき」はママ

父となりて革まるなし　ぬかるみの石油の虹　淡きを踰えつ

蔑されし者にわづかにのこりたる夏柑を爪いためて剝ける

遠けれど立葵けふ街なかに咲きのぼり弱き孤りを支ふ

生くる證立つるよすがと　あるゆふべ牛の肝臓《レヴァー》を刻みてやける

枯れてのちの《（のちも）》蔓薔薇の柵　轟然とすぎゆくものとわれとを隔つ

尖塔を翔びたちし鳩　圓塔にゆきつけり　われはからき眠りに

きのふこころゆるせし人と正餐のともにナイフをあやつりをはる

あひよりて煖爐の銹をみがく日の夏さむく戀のをはりに似たる

五月また來らむ　眠る子のために小さくたゝみて朱の鯉のぼり

ふれあへる心もたねど鳴りやすき鐶ある調度あまたある夏

亡びざるものをにくみき　あらがねの地すりて翔びゆきし老燕

蟲干のゆがみし椅子にひろげみる祝婚歌古り口ひびくなり

ひるがほの晝汗ばみし少年のゆびがピアノの鍵かけのぼる

はるかなる黑き炎天　寢室のなめくぢの痕かはき（ママ）つつあり

相識るは相にくむのみ　夏ふけてゆく風の日のとほき帚木

かさたかき麪麭買ひし身のたそがれに紛るれば街のさむき交響

(市中に知り人おほき七月の)《知り人を避けてたゝずむ市中の》花舗の花みなきずもてる

異教徒に夏曉彌撒の鐘鳴ると跪坐なせば背を汗すべりおつ

夕照りの市さびれつつ幼な子の砂糖のこなのきらめけるゆび

娶りてののちの孤りの夜のため　火屋厚きランプあがなひにける」　11. July

悲歌は蓋あけられよろこびのうたは蓋とざされて鳴る蓄音機

服飾の書がさは《(ママ)》がしき一部屋の夏ゆふべいつまでもともらぬ

高音の木管樂器孤獨なる樂つづきをり　ひろがる干潟

かへらざる船の見張の若者のため遠き陸に熟るる杏よ

首都の鹽田に似し夜をさらにしづけくなせる不渡手形

安息日　四肢のぶる暇わづかなる鹽漬の魚を焦がして果てぬ

巴里祭のあはれなるにぎはひをきく吾らよ危禍にとりまかれつゝ

切株の渦ににじめる樹脂ありと蟻も人らのごと列なせり

心の海を航く船なれば合歡、燈油その他は陸におきざりにして

煤色の撒水車いま足もとに（いつはり《數滴》）のいこひしたたらし去る

寢室の床しめりをり　多感なるくつしたを先づ青年がぬぐ

若き日の暗き記憶にたたかひのかずかずの夜の火事のみ赤し

向日葵のごと夜に立てり時計塔より零る刻を手に掬ふべく

戀そだちゆく煖爐にて黑潮の香の沁みし流木を焚くなり

亡命のはばかり多きランプ（なれど《にて》）遠火事のごとき油煙をあぐる

（ぬるき《つめたき》）水たたへ（しまゝ《て》に）夏（を經る《に入りゆかむ》）甕（にして）不死鳥を・・《黑く》彫《きざ》め（り）

骨つきの若鷄の肉炙らるる香か讀みすすむ出埃及記

出埃及記讀むときいつもどこからか地をすりてしやぼん玉のとびくる

棲家いくたび變りては汲む地下水のさまざまに身にひびきて鹹し

銀行にも墓にも雨のふりてゐる安けさ(に)《よ》濡れ(かへらむ)《て》家に・・・・《かへらむ》

風の夜を革手袋の右二つゆびそらし　地にかさなりあへる

裸馬とほりすぎしガラス戸日のさして胡桃割りひたにくへる家族ら

こころむなしくなりて喰へり　燈の下に砂金の眼もつちりめんざこを

海獸のごとく眠れる青年をフランス蚊幮が(とほ)《しろ》くけむらす

はじめての逢ひの記憶も霧くらき苑に古りつつ斷れし鞦韆

風つよき冬の屋上金あみをとほして鶴に零る日の光

香水が深夜の飾り窓にあり　この夏の惰民《ママ》匂はすならむ
てんたう蟲だましにも濃きあさやけがうつれり須臾を自愛の心
蛇の衣夕日にぬれてすぐそこにあり　いつまでも乾かざる髪
心弱き善行のごと空蟬がはるかにひかり彌撒すすむなり
硝子工二十七歳　斑猫をさわ《ママ》やかにてのひらに摧くも
渇きつつ獨りあるとき目に見えぬ花ひらきゐむ夜の葡萄樹
地上いまはげしき西日　地下鐵に漂白工と吊革わかつ
獨りなるをだにたのしまむ夜の底に詭計のごとく白き向日葵

智慧あさくわれらが一日一日すぎ蔬菜まづしき花保有《も》ちはじむ

向日葵油 臍にしたたり青年の沐浴終ふイヴ・モンタンのうた

ジュリエット・グレコを聴けば孤りなる夜の柑橘の内部のいづみ

きりぎしを蝶墜つるとき胸をさすひびきありけりイヴォンヌ・ジョルジュ

罐詰のきりくちいたき晩餐が吾を待てりピアフ聴かざりし日も

廢港のひるも氣泡のすさまじくひしめけりダミア日本を去る

若鶏のフライの(やうに)《ごとく》さわ《(ママ)》やかにこげくさくし《(ママ)》愛こばむくちびる

夜の劇場人ら散りゆき中央に葡萄の種が掃きよせらるる

喜劇映畫觀てゐるときもすぐそこにつめたき光りさす非常口
終幕に悍婦悍夫と別れゆくだるき握手を觀て腹へらす
凍りたる水道栓に熱湯をそそぎ(て)夜あけの抱擁だるし
くらがりに虹なし紊るネクタイをえらびて悪のひと日始まる
半熟卵剩して別るワイシャツのえりがするどき稜もてるゆゑ
冷房のバー立ちさると革椅子に須臾人間のぬくみをのこす
珈琲店人なきときを戀人ら呰とす戀滅ぶるときも
硫酸銅のごとき海なり　水夫らは夜々船艙に何を愛せむ

巻雲のゆきかふひるを額ふせて若者ら蒼き（銅を）《鋼》削れり

愛を知りそめし少女（か）《よ》凍りたる露路に鐵環を廻して走る

觸媒の（くろ）《あか》き鐵片てのひらにあり　死に至る戀の始まり

ブラス・バンド雨季の都に戀のうたのみふけ夜もためらふ勿れ

玩具賣場　何に憑かるる子等の眼の中に騎兵の歩兵のかげを

（華）《ひめや》かに夕餉はにほふ日の光知らざる海の藻を刻むより

夏の花の下ゆくこともくるしみのかげまつはりて萎えたる帽子

ユッカ咲きててのひらほどの公園に戀するものら身を容るるかげ

（亞）鉛色の地につどひ市（を）なすもののほそぼそと肉につなが（れる）《りし》愛

抱卵の鶏 目をつむり晝ふかし 子供をは《（ママ）》迷路あそびにふける

百合根埋めて地やはらかくおさへゐし黒きてのひらより生れし戀

飛行機をひつかけしかの叢林の梢（も）しづけく枯れゆきにけむ

人もまた沈默をもて生活の墻とな（しつつ）《す》白き・《花》さるすべり

安息日、逃るるごとく群衆が街出づ 濁りたる海を見に

藻のごとく墓碑ゆれてゐ（る）《む》未知の海の測深錘のとどぬ《（ママ）》やみに　「とどかぬ」カ

褐色の坐せる水夫をくらげなす味爽のねむりのかぎりとなすも

（カピタン《船長》）のただよふ一生はつる日（の《を》）陸に淡々し豚の鹽漬

握手あまたせし一日の指（あらふ）ひたす水あり臭ふクロール・カルキ

車輪工場のうらに第一舞踏手が棲めり　ちりめんざこの晩餐

プリマ・バレリーナの苦悩　晩餐のちりめんざこを喰みこぼしつゝ

油ながれゆき（て）河口（の《にて》）貝殻の中（に《の》）肥りし肉くさらしむ

柑橘の豊けき秋よちちははの齒にも琺瑯質のこりゐて

奇蹟語りつぎをり爬蟲類に似し神父の舌のあかきひらめき

某月某日獨軍パリに迫るとふ日記も黴びてうそさむき夏

愛さるる時すぎゆきて灼熱の・・・《フライ》油（の中）に浮かぶ馬鈴薯

誕生も死もにぎやかに語らるる漆喰の隙ゆるみしテラス

美しき一日のはじめ下水よりいささかの泡騰りて爆ぜぬ

ロシア映畫たえて觀ざるも　くろがねの貨車に積まれて人蔘にほふ

ことば華奢にあやつりゐたる一日の終り（ふと）《とて》親しにがき岩鹽

ポケットに向日葵の種かぎりなくまづしき音す　聖金曜日

ゆきずり（の水からくり《ぞ》がめぐりやむ）《にめぐりやむ水からくりのしづくやむ》結婚記念日は昨日（なりし）

平和なる海彼と思ひゐき　少しのこるウォッカの壜の內部の昏さ

少壮時《をざかり》の身をしひたげき　ひしひしと堅き果みのりゐし希臘にて

ガスの火が鶩卵の黄味を急速にかたまらせたり　マンボ始まる

聞かれざる朝の彌撒曲(室内をながれて《水のごとただよひ》)かわきたる襤褸に沁む

硝子市果て天使圖を透かす皿ひとつ農夫の手にのこさるる

むらがりて雨の巷をながれゆく骨ゆがみたる洋傘のはな

財閥の街角にしていささかのバナナ(を賣れ《鬻げ》)り(熟れ《うゑ》)極らむ

ひげそりを怠けし煉瓦工がつむ　ぬれてやはらかなる赤煉瓦

海彼なる樂に波長を合さむと華奢にて愚なるダイアル廻す

銅盤のやうにおもたき掌を肩にかけられてをり優しき兇兆

とざされて人々の飢ゑただよへる樂器賣場のくらき交響

指揮、愛撫、別れの合圖、合掌と　むなしきことのなべてなしし掌

放蕩の季節　毛細根ぬらす唾液のやうにねばる地下水

獵銃に撃たれたる空　紫ににじめり　やがて（こぼれくる雨《漆黒の夜》）

地下藏にいぶる果實よ　砲火にてソドムのごとく亡びし街の

蒸暑く家庭はありぬ　詩もて人を　美貌もて神を魅したるオルフェ

狙はれし鷹　春ふかき地におりてつばさの中にいだくくらがり

死の影もまじへて發たむ飛行機がひらきし楕圓形のいりくち

ながき祈禱の後の短き夕餉にて　ねむりてもこなれきらざる聖句

ながれゆくもの、唄、貨幣、時、血　そのはてなる海に墓標はうかぶ

(昨日)破産(せし)《直前》工場よりたえまなく夕雲のごとき棉花はこび出す

春茜　肉屋の窓をきらめかすときのま不埒なるソーセイヂ

飲食にゆかりあらぬを夏菊のたばねてきつく菰につつまる

氾濫のながれにありて然もなほ未來に期するもの一つ、雨

水道の内部錆びつつ逬るものおとろへて夏ゆく巷

神、夕餐のまどゐにおとすほゝゑみの翳あれどスープにごりて見えず
別れてのちつのるにくしみ一夜さに河口ふさぎゆく赤きうきくさ
繭を夕日に透かして見をり騎兵らのうつくしきイギリスは見えねど
やさしき父ゐて日のさせる木琴をいつまでもたたきをり雨後の地
ベルギイの子守唄なる窓にむき子がはなつなり　かがやく草矢
沒落の前賣りはらふレコードの聖母讃歌がもつとも廉き
炎天の中ふかれ來しセロファンがきらめき墜つるふかき空堀
食卓に詩人還曆祝賀會案內狀とくらき海鼠と

ひややかに眸ひらくとき　ありまきのみどりひしめくひるの薔薇の芽

飛行機を降りバスを下りくつぬぎて脱殻のごとき巴里土産出す

森に入る心さわぐも空蟬の中のつめたき水くつがへし

星赤きふるさとの方　愛さざる人(をり)《らも》眼老いつつあらむ

鋭角のものを愛せり　晩夏なる身に鹽ふきてあふ誕生日

誕生日以後のかなしみけむらひて遠火事の天みどりに還る

七階の晴天に讀むひりひりと割禮の文字ちらばる聖書

(ルネサンス史を讀みをはりまどろみき)《出埃及記よみつつあさき眠りせし》いま燦々と枯るる野に出づ

朱き百合の花薙ぎたふし　あふむけに泳ぎつかれし青年の臥す
默劇の幕間にして老優が喉ならしのむ嚴寒の水
風邪の瞼あはせば熱し青銅のギリシアの神のうしろ歩みて
泡立てる海よぎり來し栗色と鮭色の裸身たちまち乾く
饒舌のたえたる夜の苑さむく花斬られたる向日葵立てり
潛水夫海より上る金屬にとぢこめられしその頭部より
花ユッカ　刺繡ほつれしくつしたをくらがりに脫ぐ放埒のはて
天心より雪のひとひら青年のひたひにしばしふれたり　消ゆる

人を厭ひ人を愛していまひとり肌あらき梨をてにいつくしむ

冷房の回轉扉にはさまれし上著必死にぬきて汗すも

三十歳　アレクサンドリア種葡萄黒き一つぶ喰みてあと捨つ

繫がれて夏の運河を上りくる囚徒ら黒き花束（のごとし《をなす》）

夏の果實みな肌やけて燈のもとにひしめけり固きネクタイはづす

泰山木花心黒ずみ下地《（ママ）》よりの男聲合唱　吶喊のこゑ

くちびるに油のこしてフリュートをふきそこねたり貴族の末裔か

しめりたる手袋の手の春近きひと日の街に何犯し來し

海月の受精などにくはしき生物學教授にていつも白きあぶら掌

誕生日つねの日よりもまづしきを驛頭に炭俵滞貨す

雷雨過ぎて夜に入りゆくユーカリの幹青年のごとくにほへり

麥稈の香の新しき夏帽をかむり男らやさしき眸なす

植物園ぬれつつともる一隅に蝶タイをきつくむすびなほすも

こごえつつ逢ふ學生よ　火山脈ここにきはまるしづけき街に

絨毯の繪のつるくさの棘もちて夜もみどりにからみあひつゝ

噴水のおとろふるとき中心にまがなしく顯つ濡れたる裸像

葉ざくらの蔭の青き果 そのほかの眩しさか ひと夜泊りし醍醐

とげざりしいくつの戀に似てくらきひびきありけり春の電柱

翳ふかき方へそれぞれ顔むけて青きトマトを喰ふ聖家族

佛領のむらさき　ポルトガル領の黄も網膜を患みくらき地圖

日本の紅　伊領の黄　獨領の青　古き地圖兇兆に滿ち

ゆたかなる地の雪にふれ鞦韆の永劫に凍てしまゝなるくさり

さいはひを頒つ事なく子供らの遊ぶなり　地の霜に釘さし

(司祭館のうら)《基地よぎり》ゆく・・《一輪》車ぎつしりと死にたる海鼠ゆすぶりながら

ひらかむとする百合(の花)《を》束ね(ら　れ)《てひたすらに》高壓線の眞下をよぎる

(若き神父　あるとき甲蟲に似し)《異國より樂人きたり巨いなる》かがやくセロをすすり泣かしむ

愛知らぬ少年　とほく雪國にきて地の雪を貪りくらふ

日本の(やさ)《まづ》しき棉の花(ひらき)《さくと》黑人(と　そ　の　愛　人　別　る)《にたより代りてしるす／兵に代りてしるす》

秋草のまづしき種子が信仰のごとき繪袋につゝみて賣らる

向日葵の黴びたるたねのいささかを地に埋めたり　うたがはざらむ

青年はみどりの夜天狙ひたり銃身にそのもゆるほゝあて

男らの瞳するどくゆきかへり夏うすぐらく石油わく街

ボタン屋の責貝《（ママ）》ボタン賣られゆきはづさるるための隙間をとざす　「青」カ

無頼にてまなつも熱き珈琲（を愛せり・《あへて》《きつひに》戀かたらずも）

無頼にてまなつも熱き珈琲を愛せりき　ひとり雪渓に果つ

墓地よぎりくる郵便夫　ひとびとのいたましき戀いづくに運ぶ

きずつけばかたみに心するどきを　コップにぬるみゆくソーダ水

掌相ただしくして住所なほさだまらず　日がさせば血の色の透く紫蘇

日沒の卓に世界は渇きつつ青き紅海、白きアラビア

きぬぎぬのだるき鋪道にちぢれたる花びらをすつ釦孔より

死を試すひとりのいのちひややかに五階より葡萄の一房おとす

濃き牛乳にくちびるぬらし空港を若き製鐵工場主去る

雪蒼き嶺極めきし青年のけはしき胸に汗かがやけり

ヒマラヤをきはめしのちを落日のごときこゝろに何聽きにけむ

閘門の鎖されし運河　粘液のごときゆふべの水滿ちきたる

密毛の蛾を囚ふべく一人の夜を守りこし鎧扉とざす

油重く運河のそこを流れゐて　海彼しきりにたたかひきざす

休戰會議ききてねむれり　夜の底に詭計のごとく白き向日葵

ゆきずりの人目にふれて向日葵の頸折れてのち幾日か輝りぬ

（夜）忘られし巷の國旗夜に入りて中心の紅むざんに黒し

地に滿つるかなしみのそのひとひらと雲母を砂の中よりひろふ

羽蟻生れてとびたつひかり 幾千のひややけき默示 心にかげす

飛行音五月の夜を底ごもり若きらをまたいづくに誘ふ

苦きいのりの言葉の後の青年に冷えきりてしづくする火酒の罎

氾濫ののちの鶏頭（の）紅・《の》にごりつつ蹉跌くりかへすなり

月見草の花萎えゆくを目におへり純白のパジャマ著て若き父

蟲干の綱たたかひのきずよりも戀のしみある衣ひるがへす

曼珠沙華のもつるる蘂をときほぐしその夜より身の衰弱はげし

東京の友らに逢はば心なほ渇かむ　ひびきある天の川

かの暗き(草)萬綠の中にくしみの文字彫りし幹あり 太りゐむ

河港燈り太き檣柱に放埒のにほひまつはりゐたり水夫も

故里の街に生木の電柱がならびをり頭痛しきりにきざす

新しき噴井ほりをり錐尖を花も紅葉もなき地に刺し

寒夜ギニョール果てて若きらてのひ(ママ)ををくらがりに出し雪をつもらす

天才の喪の夜ふけつつ車座に生きのこりたる火酒あふれしむ

消火ホース細りて寒の地を這ふ　美しき火事もえ(て)やみしかば

(灼)絢爛たる弔辭つづけりその死にて得しよろこびのつきざるごとく

海中にはげしく渇くもつれあひゆるる海月の群よこぎりて

獨身の清潔にしてみじかきを牡蠣くひにくらき河岸くだりゆく

海月死して無色にゆるるこの海のはてとほく女王戴冠をはる

赤道に近き政變すすみをり　晩餐のカレーはげしくにほふ

船長が肩に天道蟲ひとつつけて眞夏の航海に出づ

いざなひのにがきほゝゑみ　てさぐりに鐵壁の胸のボタンを脱す

放埒の騎兵をのせて夏の野をゆきめぐりうすく錆びたるあぶみ

おびたゞしき旗わけてかへり來し夜のてにきらめきてのこる綠礬

鎧戸の節孔に陽が木苺のやうに光れり　愛は痛苦に

五月祭の埃しづもる中にありて皮下出血のむらさきのゆび

少年ら果實のごとく肋木にぶらさがり遊ぶ聖金曜日

ふえてゆく河口の市民　髮くろく冬夜みだりに砂糖消費す

天金の書くれし少女よ 十年經て その表紙裏の黑き向日葵

うすぐらき晝の死の刻　くりやにて潮によごれし時計を洗ふ

葵色のシャツをぬらせり建築學難解にしてすゝまざる夏

黑蟻のきらめける屍よアフリカにアジスアベバといふ首都ありき

なだれくる夜を堰きつつおもむろに黑き獸皮のベルトを脱す

昔も春は脂はげしく白きシャツ汚しき北歐產の神父も

骨牌してダイアのジャックめくるとき眸けものめく海の男ら

半熟卵喰ふときふともはぢらへる君の體內の中世の騎士

霧ふかくなりゆきとほき近東の花街にはやりゐたりきコレラ

アイロンの餘熱いつしかてのひらのぬくみとなりてなほひえゆけり

母は死のきはまでつひに讚歌ささげられたることもなかりしマリア

氷柱の中のダリアにまつはりてジェローム・カーン死後の旋律

神父　父となりぬ夏天にやはらかき雲も地上に頌歌もなく

わが身囚はるるごとしもほてりたるメロンを冷藏庫に入るるとき

雨を來し彌撒の少女らひるがほのごとやさしみてフードを脫げり

淡雪の街の朝明　花舖の老婆きて先づ道を濆すも

晩年のゆびうつくしきシリア人いざなひて(喰《ゆ》)く夜の鮎料理

銅盤に死の闘牛を刻みたり　そのうへに熱(の)《き》てのひらをおく

ドン・カミロの顔みていたく笑ひしが・《夏》大根のさわ《(ママ)》やかに辛し

遠干潟刻々しづみゆく夜のをはりラジオのひくき君が代

女流ギタリスト來りて麥秋の黄なる障子をふるはせて去る

かたつむり殼に乾ける葉のうらの夕光　老いはいついたるべき

戰ひに何しにいのちささぐべき稻妻に若き胸てらさるる

すべりやすき遊動圓木きのふけふ小公園にあひびきへりし

朝やけに背かがやかすかみきりの日々敬虔にありていのらず

夕霧の街あゆみきし足を出す　釘ふふむ若き靴屋の前に

屋上の獸園より地下酒場まで（つらぬける）黒き水道管（　よ　）《つらぬけり》

神父人知れず彈けれど風琴の・・・《くらき》内部にこもる戀唄

冷えきりて鈍く光れる（風）白桃にフォークつき刺す聖金曜日

食卓にこぼれしソース飾燈のもと不吉なる運河をゑがく

屋上にペリカン死して晴天のどこかに白く舞ふ羽毛など

青年期終りに近き蜜月の電球の芯あかくともれる

罌粟の果の灰色に枯れむらがれる日々ゆきもどる不渡手形

戰後花をつくりつづけし元歩兵死す不發彈部屋に飾りて

八月

人ごゑのにごり泡だつ夜の街にくたびれし氣球ひきずりおろす

埠頭への(歪める《よあけの》)道にこぼれたる鹽輝けり風太郎の死

空港にとぶこがね蟲(綠金《漆黒》)の翅のかなたのいづかたも危機

要塞をすみかとなして年經りぬ銃眼に竿たてて干す足袋

自衛隊にはこばれゆかむ光りなき冷凍の黑き肉たちきらる

還り來し凍傷のくちびる洩るる　つたなきロシア語の愛の言

塞がれし運河に虹のぎらぎらと近東に石油争ふ歴史

醫師喉に淡黃のあかりさしいれぬ內部の深き暗がりにむけ

キリマ・ヌジャロ珈琲の泡、褐色に逃亡奴隸のハンカチを染む

少年殺人犯雪を見つついくさあらばいくさに燃えむ昏き眸もて

高壓線架くる工夫よ黑き背の內部に錆びし彈丸を祕め

神父立ちて新郎新婦うなだれしかなたにけぶる黴雨の街見き

屠殺場の殘骸にあまた牛の瞳がまじりて赤き夕映うつす

革命は老女優より七叉燈臺と情夫をうばひて終る

自由以外のすべて獲得し戰ひののちの綠野にまどろむ歩哨
食鹽をすくひしものも血ぬられしものも錆びゆく戰後のナイフ
「火の接吻」の唄高鳴れるのきなみは絲ほつれたる傘干す家庭
紳士用亞麻ハンカチを織る機のたちきられたる夏のクー・デタ
火屋厚きラムプ積荷す　海彼なる革命の街に昏くともらむ
浚渫船藥莢あまた渫へしが夜の河底にひそかにもどす
水死者の遺書うすれゆく廢艦の剝げ落つる黑き腹にまつはり
航空母艦進水す夕映えの黃なる運河へ　幼兒の手より

冬の室ものうくめぐる機關車の終点に子と(新しき《異國の》)父《と》・

客待ちの遊覧船が底すこしあけ腐りたる食物を吐く

舊飛行場に夕月・・翳《赤く》り(赤かりき《たり》)撃たれし落下傘のごとくに

海彼より黴雨の日本(観に來しが《にとび來しが》)能樂を少し(褒めてすぐ去る《たゝへて去りぬ》)

紅はもとより黒も黄もにくまされゐて白きポーカー・フェイス

(ふとも銃《銃かるく》)擔ぐごとくに束ねたる暗紅色のダリアを肩に

犠牲者の皮膚色の黄に塗り變へし装甲車　夜の埠頭に上る

劣等種葡萄くさりて市民らの眠りの中に黒くしたたる

曼珠沙華の蘂ちぢれつゝ（巧者なる軍歌の《あたらしき黄套の》）群（の）まかり通れる

アスファルト煮ゆる鍋あり鮮血の記憶の街もぬりつぶされむ

結婚の夜もならはしの豫報旗をあぐ明日は雨 昏き西風

藥莢のごとボルネオに女すて還りしが射的屋に眞晝の燈

議事堂に沒るとき市民らの額に赤痢のやうにひろがる夕日

花かかへゐねむ（り）れる自衛隊員を終點までひとり蔑みとほす

自衛隊脱けたる彼も晩餐に加はり　とほくなりし寒雷

機關車は蠻地の黑い太陽のごと痛烈に少女を轢けり

晴天にさしあげし銃 兵士らの上にかがやき黒き合唱

海鼠笊に(みだりがはしく)《うすむらさきに》透きとほる歸宅せし放蕩息子のごとく

屋上(に)《の旗》吹きちぎられ(し旗おちて)《てあかときの》暗渠に吸はれゆきし鮮紅

謀殺の血の流るるを印しつゝ暗灰に地圖のギリシアは渇く

劇場の扉の覗き孔　くちびるのあたりぬれゐてアイーダ初日

顯はるる惡事のごとく・・・・《夕ぐれの》冷房　あうらよりぬるみそむ

忠魂碑にカーキ色の水筒がころがり錆びし水こぼしゐつ

あたらしき忠魂碑建つ　蟻地獄底へひそかに砂くづれつゝ

電流の斷れし硫酸銅槽に爪ひたし失脚をするどく豫知す

春雷のさわや《（ママ）》かにして焦げくさき香よ眠る無期徒刑囚の胸

オキシフルに褪せたる髪をなごりとし向日葵檻褸なす柵に凭る

獨活は噴井にさらされてあり　ラヂオにて火薬工五名爆死をつぐる

艦隊の生れゐむ海（を）《の》うすぐら（く思ひをり）《きひかりよ・く顯ち來つつ》（鮭卵）《すぢこ》血の泡をなす・・《鮭卵》

眞夜海の面にあぶら臭ひゐて海彼より黴びし米つくみなと

顚倒したるまゝの機關車夜に入り・《て》内部（に赭き飢ゑつのりつつ）《しきりに渇きつつあり》

人間の乾きたる眼に目守られて養殖眞珠　生殖をなす

モナリザの唇動く店に曝さるる没落のきはに賣りし壁かけ

暗渠に氷柱黑きしづくす　細き細きジャコメッティの少女は眠り

死者にそなへ剰りし葡萄　いくつかの古き國旗につゝまれさりぬ

原爆忌に干す紅生姜齒に軋み　かつくちひびくわれは忘れじ

市電少女を積み（て）軋りゆ（き）く夕ぐれの耳孔にのこすあつき擦傷

學者娶りて眠りふかけれ馬鈴薯のみごとに發芽せし四月馬鹿

喪の家に臨時燈つき電工の老いたる額をひと時ぬらす

少女生（きて）《ありて》原爆記念日の（夜の）鹽うすき野菜スープを啜る《れる》

夢の中の當直士官　泡だてるわが海溝のねむりを覗く

涸れたる河すぎゆく夜行列車より手をふれり見えぬとほき死の方

易々と默殺されし母の日の人蔘煮られをり溶くるまで

內部にて敵意そだたむ繭ごもる蟲にぶく透りつついそしめる

少女瞑りて繩とびつづく冬夕べ　空地に白き埃たてつつ

七面鳥やくにほひよりさわ(ママ)やかに敎會の火事聖衣をこがす

逃亡のごとき渡歐をたくらめ(る日々ありて草に)《りくさむらふかく》ぬるる蛾の繭

陸地より茗荷のにほひながれくと難破三十日後の日記

救ひなき眼つむりぬ　冬の日のボート眞紅にぬられたる船腹《はら》

ミサのヴェイルの中にこもりて鼻風邪の少女の祈禱 悲劇のごとし

君が代に終る深夜のラジオより油蟲翔つ　暑き外面へ

大使暗き眼をして去りぬ海彼への澪とほく白くひきつるる灣

赤き旗過ぎゆきしかば埃たつ道に水蓮（ママ）の苗うりはじむ

觀相のあやしき口說　洋傘のしづくにとりまかれつつ疾し

深夜急行列車過ぎたり　乾されざる褐色の酒さかづきにみち

赤き旗にくるみてうづめたる屍體　いちはやく齒牙のごとき芽ふけり

麻商人患みては淡き日々の欲望をよぎる沖の赤き帆

爆撃の日もぬるき水吐きゐたる水道に死がしたたりはじむ

人の信喪ひゆ(けり《けば/きて》)炎天の薄き屋根瓦に水ま(きて《ける》)

婚後二十年にて別る夫人より煉瓦やはらかく濡るる街にて

腐敗寸前の卵混ぜをり　クリスマスより痛切に來し誕生日

腐敗近き卵混ぜをり　祝はるるゆかりなきわが生誕の日の

揮發油にてエナメルの(染《汚》)點あらひたる後のてのひら重し　渇ける

くらやみに積み重なりしプラ・カード裏の空白こそ飢ゑゐた(り《れ》)

くさりたる腦漿に似し地の隅（の）に現住所ありはびこるカンナ

メトロ・ポール・ホテルの內部　生のまま黴びし葡萄のにほひこめゐつ

いくたびか革命にあひ地下倉庫內に發芽をたくらめる百合

黑蟻のごとき署名（を滿たせたる）《のひしめける》・・《厚き》紙まきゆけり　いづくに（展ぐ）

廣場なる赤旗のむれ避けて來し部屋にいささかの飯餞（ゑ《え》）ゐたる

公園のシーソー赤くぬられたり　かへり來しものも忘られて死す

アフリカの黑き湖うつす瞳に溺れゆく硫黃色の肌もち

クレインが赤さびの鐵つりあげぬまづしさかぎりなき地上より

クレインがまづしきものをかぎりなくつかみあげをり暑き地より

掠奪したる葡萄酒　古びたる甕よりあふれいづる未來を

かつても明日も富にかゝはりなく生きむ白湯のめばクロール・カルキ匂へり

諜報のあたひのあつき札束を解き灰色の花びらとなす

モビィルをつくる針金　纖細にねぢられゆくその心のごとく

死滅せしものかさなれる水底に夕焼うす(れ)《め》られて爪色

浪漫派の樂音に浸されし身を固くしぼられゐき炎天に

處女雪を來し青年のひとなみな《(ママ)》黒くぬりつぶせりサン・グラス

死のごとき炎晝にしてめぐりゐる機械にまぎれ入りし砂粒よ

眼裏の雲母の街に旗赤くひるがへりたり網膜剝離

腦髓《(ママ)》にむぎわらつめてもえやすし禾本科の花風媒の日々

胎胚より死までのゆるきいとなみを地下室にせり花飾れるも

祭禮の香具師　夕べにはユーカリを折り體臭に似たる火もやす

甲蟲の屍骸のごとき自動車をめつむりて入れガレージとざす

裏切られ裏切りて夜となればぬる　おろされし磔刑像の姿に

蓮根のひろがる黑き疵痕が簡易食堂にてえ《(ママ)》ぐらるる

屋上園に罌粟の果裂けてこぼれおつ不渡手形ゆきかふ街に

庭園のさびつきし罠　その底にすさまじき飢ゑと暗黒をもつ

夜間飛行士しきりに眠りさそはるる直下の闇の涸れし油田に

薄きわが猩紅熱の豫後の背にカーヴ擦り耗りし軌條反射す

皿と魚の骨かがやきてアメリカ(と)《の》地圖にもつともへだたれる卓

ジープすぎゆかむ運河の岸に干しならべたる傘黑き盾なす

祭り(市)夜店タンクの玩具子に買へる庶民よアセチレンなほ臭ふ

老いて薔薇の貝殼蟲をつぶしつつ暗くわらへり　かつて憲兵

戀人は鳶色の瞳の間諜と知りつつ賣らむ機密をもたず

黒き警固の柵のかなたに繪のやうに皇族ゆけりさむき榮光

炎天に架線夫二人たれさがり黒くするどき言葉を交す

父母の忌の酷寒　酷暑　ゆかりなき貝の干物を煮《（ママ）》きもどすなり

埃及の棉花おろすと赤銅のとらはれ人のごとき人夫ら

退屈なる家族のために宮殿やひとや　マッチの軸もてゐがく

心遊ぶあるひと時にハンモック裸木につるしはた忘れゆく

最後の日まで軍隊もジプシーも食糧と旗もちてすゝみき

白き馬の四肢かがやける映畫みて激しく汗す少年末期
徐々に沈下はじめたる地に燈をともす家庭酸つぱきサラダの中に
せまき狹き街空くぐりおちゆきし模型飛行機内の血痕
たくらみに滿ちし兵舍にふりそそぎ煮つめられたるジャムのごとき陽
翅脈のみとなりし蝶よりざわざわと蟻はなれ（ゆく暗き炎天《インドシナ獨立す》）
空の貨車夜の（驛）構内をすぎゆけり　かすかに火藥臭ひすぐきゆ
法服のふちにからみしぬひとりが蚯蚓のごとく見ゆ僞證せむ
（ラヂオ《美容》）體操とてくびやてのくつしんを見えざるこゑにせはしくあはす

赤軍硝兵の殺意の眸を眼うらに覺りて伏せぬ「靜かなるドン」

異國兵滿載したるトラックの油たり街をなまぐさくす

三人子の（ひとり）かへら（ず）ぬひとり（奇《鬼》）才にてかぼそき蕗をあくにひたせる

印度カレーの中の砂粒　シェルパよりするどき眼して父にしめすも

夕ぞらをすぎゆく機影　お《（ママ）》ののきて燈をおほひたる記憶にひびき

かつてバケツ・リレーの指揮者その配下　柘榴かみきりあひにくみつつ

自衛隊醉ひゆく見つつ屋上にざくろの白きたね吐きちらす

焙烙に麻の果はぜてけむりをり　明日もきのふのごと無爲ならむ

髪をこころのごとくちぢらす美容院　待合室のよごれし「ライフ」

颱風の眼の中にあり青年の靜脈のうでにくみつつ戀ふ

ひきあげて巨艦の腹のふぢ《（ママ）》つぼを黒きにくしみもて剝ぎおとす

爆撃者らの心よりうす暗き空洞のあるアルカリ地帯

手押車屑鐵つみてたち眩みをりき敗戰九周年とか

忘られし死者の背後の銃眼を描くゑのぐあつき油もてねり

燃え終りたる墜落機（內に鋭く《一片の》）磁石變質して（いづく《何か》）示す

ヒマラヤの襞の死の影むらさきに世界かたむきつつ午後に入る

舵手貴き少女得しかば北海の機雷をぬひて航かむ蜜月

（ささやかに）《傲然と》いくさにそなへ待つ者に（カンナ）褐色（の）・《に》・《カンナ》・夜（を）《々》かたむけり

堪へてゐるゆびさきに電車回数券汗にぬれたるうすむらさき

ざわめきの中に盗みて囚獄の男の中にやさしくねむる

火事の後聚雨《（ママ）》そののち人の死のしらせ　春の日暮るる鐘樂《カリヨン》

馬の眼の中にトルコの宮殿がく（ず）《づ》れをり　鹽のぬれやすき春

凱旋の（黑き血にぬれたる）・《祝》宴の卓黑き血にぬれし長靴のかげ生々し

飢餓への策ねりをはり寢臺にぱん（はみ）こぼしはにかめる樞機官

未知の世界のあつきものにぞ舌やかむ　牛乳の(表)・・・《灰色の》皮はぎ

誕生日近づきにけり冷酷に古き蓄音機の喇叭管

苛酷なる明日に待たるるのみの吾らのふるき飴色のゑみ

テヘランの獨りの夜をつたへ來し　焦げくさき色の飛行郵便

鮮紅の鮭オークリッヂよりきたり千のつめたき死の夕餐果つ

世間より低くゐて見る腸詰のうすき一きれのる秤皿

詩人の心の中の暗き森　みづからの手に伐られてにほふ

するどき眼の異國の水夫横行す　なめらかに脆き日本沿岸

花火發火せず消えゆけり死の床に榮えありし夜戰戀ふる閣下に

うばひゆきしかの憲兵と還らざるカヴィア製法入り露和辭典

瞼縁に塗りてダヴィデを踊りしが憲兵となりみじめに果てき

パン焦げぬ　ぴくぴくうごく太き眉もちゐしといふマイアコウスキー

蒸發皿に鹽結晶す　危機のままいつまでか二つの世界たもたむ

珈琲商日本の農奴たりし日のにがきキリマ・ヌジャロのしたたり

晩婚の・・・《夫妻の》昏くほろにがき睡りとかれし朝の焼鹽

軍人にかへることなく老いゆかむ(器のそこの)《皮うすくはりし》無蛋白乳

採炭夫たりし男の過去くらく遠火事に夜の光りをかへす

奉迎の祝砲響りし北海を思へり　おそろしきへだたりを

耕して至りし天と空港の限界にめばえたる苦蓬

トルコ行進曲すみやかに逝く夏の市場をながれ饐ゆるいちぢく《（ママ）》

（ゆびあとに）出埃及記・・・・・・《ゆびふれしあと》透明（の）《に》汚（點つけ）《れた》り　脂濃き晩餐後

古き地球儀を火に投ずアメリカの緑野も須臾にちぢれてゆかむ

野あそびの窯うがつとて曝されしさびたる小さき銃部分品

娶らざりしかの船長の難破後にまつはりて夜の油なす海

時計屋は離婚ののちのかわきたる(空氣《部屋》の中《部屋》)に・・《黑く》めぐる齒車

黑く縮れし髪の佛ら灼熱の慾望にたへて・・《固く》趺坐せり(固く)

肉屋の厚き日覆の中　むらがりて悪徳の鉤たれさがりたる

貴顯用食堂車よりくさりたる鷄の頸やトマトをおろす

發芽して豆ひしめけるかひば桶ありき　アラビア馬去勢さる

ミシン絲のラベルの百合よ　まづしくて何億やあるつむぎたる今日

灰色の剛毛をもつアフリカの荒地なす英國製のはぶらし

刻々と內臟侵さるる火藥工の身くびれ漏沙なす

異國兵に少女供すとやぶれたる投網のごとき（くろき）《灰色の》群（立つ）《あり》

國亡びてのこりしアフリカの曲を黑き打樂器すりあはせ鳴らす

夢におそひくるもの黑き機關車のごとし恍惚と轢斷さるる

神變詠草・六　『篠懸帖』

【凡例】

一、日本現代詩歌文学館に収蔵されている、塚本邦雄自筆の「歌稿ノート　一九五四・八〜九」を翻刻した。

一、歌稿ノートは、塚本邦雄が追い求めた歌境を象徴する「神變」という言葉を用いて、「神變詠草」と総称することにした。本編は、巻軸（巻末）の歌に因んで、「篠懸《すずかけ》帖」と仮に名づけた。

一、翻刻に際して、漢字は正字表記とした。仮名遣いに関しては、自筆通りとした。

一、推敲の跡が見られる作品は、可能な限り、自筆ノートに忠実に翻刻した。

一、作者の誤記と思われる箇所や、仮名遣いの誤りのある箇所も、原文通りに翻刻し、「ママ」と傍記した。

一、自筆ノートには推敲の途中形のものがあり、五七五七七の定型に納まらないこともある。

兵士らの胸毛にひそみはこばれて地狹《（ママ）》の國に殖ゆる毒麥

精液と憲兵の眼と（輝ける《巨いなる》）黒き車輪の忘られたる野

捕鯨船々長ねむり寢臺の下あたたかくたちこめる霧

かつて脆きゆびに掘られし羊齒類の地下莖と永き飢餓の歷史（へ）と

君が代の深夜の樂に顯ちきたる飴色の鞭と黒き格子と

古き國歌の樂にするどく口噤ぐ若きらをとほく目守りて愛す

消耗のはげしき日々に憑く（ごとく《ものの》）くび折れて（生くる《なほ輝れる》）向日葵（の貌）

（かつて）心ひそかに（軍にありしこと《國亡ぶるをねがひたる過去》）あり（き）かほり《（ママ）》はげしきカレー

いつはりに始りし戀すつるべき身を透明の雨著につつみ

かくれすむごとき心にひる白き燭臺をなす　あふひの花蘂

獵銃の群その中に人撃ちし一つの木理黑耀なせり

密獵にいでゆく朝の腸詰をうすく切りをりつめたきゆびに

松の花　裸馬がきほひて通るときしめりたる火藥しきりにこぼす

晝の火事　豫感の如く映しをり軍馬の末裔の透るまなこに

衣裳屋の土藏のおくに風とほり軍服のむなもとぞ波打つ

氷魄《(ママ)》をにぎりしめゐしたなごころむらさきに凍む　豫防戰爭

死者なれば(彼《君》)らは・・《若く》いつの日も(若く)重装の汗したたる兵士

堅果のごときボーイ・スカウト　ゆく春のねむたき街を装甲したる

つた青くのびすすみをりうつむきて雲脂おとしゐる教授の前を

冥府よりもちかへりたるもののごとまだらに錆びし鹽壺の匙

夜々ねむり薬ふえゆきわれの背の絨毯のうらかびて酷暑に

はしための(暗き《嗄れし》)ソプラノ母となりなほかぎりなき罰のごとくに

兵營の檻に飼はれし美しきわかものよ(死)つねに爆死に賭けて

寺院の屋根に輝くものよ　突撃の喇叭となりし銅のかたわれ

日々晴天　「われら」といふ語各行にあるソヴィエト詩讀みつつ渇く
乳牛の(肌に)皮膚に藍色の支那人を描き歩ませしシットウェルよ
死の雨よ　過去十字架の千九百四十本の釘ぬらしける
囚はれし漁船のさむき車座のラムプにてらし出されし祖國
戀人より離れし愛らゐていこふ飛行機亡せし格納庫にて
征服者らのすぎゆきし黄色の地よりしづかに浸み出す苦汁
戰艦と共に爆ぜたる榮光をおろかにつづりこげくさき墓碑
聖餐に列すといへど合掌のひぢはりてひとのいのりを侵す

美しき異國の國歌ひとりなれば腫れたるのみどふるはせうたふ

疲れたる街の眞中に猩紅の燈もて標せり「地下工事中」

片蔭の原爆詩集ひねもすを風にあふられつづけて讀めず

彈丸道路交叉地點に葉尖（みな敵意にとがる《刃のごとくするどき》）ユッカ植ゑたり

戰勝のとほき眩暈に細めたるまぶたのうらに色褪せゆく血

寒冷の中なる愛と憎しみのすゑ暗紫色なせる粘膜

夜の油田えぐ《(ママ)》りとられて底ふかき粘土血にぬれつつ月させり

戰爭（死）詩のたくみなる阿諛ふと口をつくほろにがき午後の口腔より

大東亞共榮圈圖ものおきにふるびつつ時に黑き血たらす

鯨肉の晩餐の後（の）もだふかき戰後家族の黑き斷絶

いづくにか生るる火藥に憑かれつつ火は灰の中に眠れりつねに

美を愛すとささやくものらうら紅きうきくさのごと殖えつつありぬ

冬の朝内部もえつつ少女らのむらがりの中過ぐる機關車

ブルトー《（ママ）》ザにならされし地をくぎりつつ中心に針胎す球根

檻のごとき役所の窓に検べられゐる薄葉の婚姻届

時計屋の時計の中にかけられし帽子に（かか）たまるきれぎれの明日

黄昏のひげ剃られをり血のにじむ愛撫を禁じたる白き手に

沙漠より沙とびきたり棉の花さく地に飛火なしゆく不毛

戰ひの豫感を掬ふごとかざす　霰彈に網のごとくなりし掌

鷄冠と陽に窓々をいろどりてうらがはに死のながれゐる街

海彼より金貨をかすめとるための貿易風を待てる夜の帆

追放のために用ひ（ママ）し數千の貝殼のうへすべりし蜥蜴

酷寒のあした鳥屋につるされて花たばのごとき雄鷄の頸

貿易風の夜の街々の燈をみつめゐて點燈夫またゝきやまぬ

ひややかに貴族の裔と會ひて來し夜ふけてすする濃き生姜湯を

晴天の獨身寮のいづくにかバターを焦がしをり　すさまじく

爆擊の滿たされざりし夜のねむり　なほ血管に白き滓なす

基地周邊眩しき朝をひらきたる見知らざる窓、窓孔のごと

美術館とりこはされて壁畫なる失樂園を照らす明るく

バターのこりたる硫酸紙いま生れし蜉蝣を易々と囚へたり　ひる

安息日眉根けはしくすごしつつ夜のほろにがき茶をしたたらす

軍歌秋の坂くだりゆきかすかなるつりがね草を變色せしむ

ひややかにやからつどふと晩餐の卓せまきまでかすみ草插す

晩夏の坂 巻パンのごと乾きたる馬糞　出征たえてあらざれ

青春のをはりを酌むと夏の夜の果て不覺なる軍歌合唱

自衛隊 夜の雜踏にまぎるると水脈のごとさむきざわめきのこす

雜草園ねなしかづらが執拗に花もちつづく　博士老いつつ

決鬪用ナイフ、ベルトの金具、針　さびゆけり鹹湖よぎりてのちも

誕生日來て謝するべき(いささか《いくばく》)のトマト腐肉のごと煮つめらる

檻なす家めぐりて夜をのびすすむ蔦　愕然とよろひどとざす

毒舌は身の底に滓なしゐつつ花がめの水くさりはじむる

ナルシスの變貌の繪の背後にて昏れゆけり粗き（壁）乾きたる壁

鐵骨のそそりたつ野を覗かむと踏臺の脆き椅子をきします

飽食の重たき眠り支へつつ寢臺の脚細く光れり

昏きその内部をながれきずつきしとき酷薄に光りいづる樹液

人々の昏き思考のあふるると扉を固くとざし航けり飛行機

飛行機の床に小さき孔ありて死の影かぎりなく洩らしをり

蕩盡してのこりし狹き果樹園に渇きいやせり未熟なる梨

聖晩餐圖いたく汚れて日々の晩餐をさらに寡默となせり
油ぬりて聖母マリアと同型の輝く頭部　奸智を藏す
少女凍てし坂より晝の街にむき繩とびの胸ゆれて匂へり
見知らざる地の祝祭のちかづくとくびらるる日を燃ゆる鷄冠
敗戰(忌)紀念日の庶民にて默禱の瞼ぬひあはされたるごとく
食甚の陽を青年の肩ごしに見しよりながく病める虹彩
「巴里のアメリカ人」曲果てて一様に黄色の顏攣らせ起つなる
黑人兵くちづけ去りし喫泉にくらきいかりのしたたりやまぬ

異國兵汗に光りて出發すすべてけもののごと美しく

アラビアの黒き種馬いざなふと　めくばせかはす女衒のやうに

曼珠沙華むらがりて花をはりたり英雄の死をその後に待たむ

曇天にひびくハレルヤ休みなく犬釘を打つ音をまじへて

第三次世界戰待つ勳章に封印なさざりし收税吏

いづくさして行くも危機の地　空港の月　撃たれたる落下傘なす

少女いくさの記憶生々しく父母のどろにまみれて白きくるぶし(踝)

紀元節と昔いひたるさむき日の火の上のパン濃褐色に

精悍なる鬪士の皓き齒に心くみせり　むかし神はトロイに
飛行機の濃き影おとしゆきし砂濱にてかわきゆくわが眠り
鋭き臭ひつみて港に直結すみとり圖になき鐵路のカーヴ
北をさす流木にして解かれたる十字架のごとふかき創もつ
「無防備都市」の神父ピエトロ憶ひつつ蟻に煮湯をそそぎゐたりし
銃身をへだてておきし彈藥がしめりつつ戀のごと(き)ひきあへり
球根のきずしらべゐるゆびさきに螢光燈がなまぐさくさす
百合のごとき白き額の(收)稅吏ゐて勞せず紡がざりき掠めき

抱擁の兩手ぬれつつなまぐさき死刑執行人の休日（安息日）

封書ひそかにひらき檢ぶるものありて湧く蟻走感胸のうちらに

英靈の碑にまつはれる赤き蔦　アメリカの兵も無益に死にき

砲煙の日を異國にてすごしたる ひたひあをざめゐしカチャーロフ

燈をおほひ讀みし古典の戀歌とかすかなる箔となりし蜉蝣

青き果のままはぜとべりかくしつつ砲燃（ママ）の日も見し鳳仙花

砲煙の日に兆しける高熱の舌させり灰のごとき散藥

ひがんばな科植物の蘂 鏡中に黒く變色したり近き死

誘拐の罪七年をあがなひてかへれり　巨き喇叭水仙

公園に子をつれし父　獨身の一生宣して十年の後に

花々の芽のさみどりの短劍が馴れし惰眠の眼を危くす

若き日に砲壘の土はこびたるこの掌　奴隷のくらき性もつ

しのびより愛撫もとむる密室のてのひらをつきさす枝附燭臺《ジランドル》

カンナ伐れば罪のにほひが足もとに（あふれ）したたりおちぬ烈日のもと

修道僧ひげ濃き二人片かげに無言にて乾無花果わかつ

航空士サハラより今かへりきて皮剝ぐごとくシャツ脱ぎすつる

昇降機(内)にて柑橘のかほる《(ママ)》籠ささげ少年のごと耳あつし

汗ばみし胸をつつみて眞夜ありき黒く重たき屋根の眞下に

不眠つづくぬれたる土につるはしをふり上ぐる若き土工みしより

兵たりし日を語(ら)《り》合ふ會はててするどき魚の骨のこる皿

泥酔の軍歌あはれにつづきをりまだあつき夜の向日葵のもと

ポストぬりて兩手眞紅になりゐしが　たえまなく飛行音空中に

陽が月のごと浮びをり　辣腕の父死にてのち見るルオー展

くらきルオー展にて人にみられゐむ瞼うるみし若きキリスト

熱のとき光る思ひ《（ママ）》たちつくすダリア混雑する花みせに

たえて全く久しき夜のミサに出づ　かみひつつきし傘おしひらき

いくさの日々何いのりしとくりかへし訊く腸詰のごとき神父に

腐敗近きレモンに（あつき）《煮》湯をそそぎつつ（親し・・《もよ》）輕騎兵ジュリアン

軍神のすゑのまづしき（大）《小》家族　死にたえて館這ひまはる蔦

太古ソドムの都果つる日褐色の裸身うちかさなり爀《（ママ）》かれけむ

こころゆすることもなかりきつぐなひに搖椅子の邊にのせて來し遺書

戰後派と指さされゐる燈のもとにあなうらのきず黑き血にじむ

天氣豫報喜雨をつげをり掌上のきりぎしを攀づる巨き黑蟻

憊れはげしき瞼にうかぶダ・ヴィンチの人體解剖圖青き血管

難破まぬがれたる客船の浴槽に黑色の嬰兒泡立ちてをり

すべてすぎゆきしことのみ　はしための追悼ミサの夜を浮くむしば

決死隊かへりきてみな眠りをり　古き罐詰の鯡のごとく

若き農夫のラムプのために（種油）のこしたる種油受胎告知圖の前

花火ののちの空の褐色　英雄に憑かるるこころわれらはもて（り）《る》

革命なると日々のうはごと　洋梨を兩斷し黑き種子彈き出す

明日よりのひとりのねぐら水差と尿器まづとゝのへり《(ママ)》(夜の)首府・・《にて》

少女つめたき眼してぬひをり春服のゑ《(ママ)》りに英國王・の紋《室》(章)　「ユニコン」の書き込みあり

奇禍に死す少年の部屋　服赤き擲彈兵をあまたゑがけり

暗き空にて燈をともすとき飛行機の內部しらじらと生に滿ちゐむ

マルセル・プルーストの頭部も墓ふかくわれしくるみのごとくちてゐむ

赤きジャケツの(少《青》)年に蹤き山巓に道うしなへり泡立つ雲よ

白髪のあまたの寡婦よ針さびしミシンもてつづりたる戰後の日

黒く光る魚ら葬る映畫みてオーヴンのごと胸むしあつし

革命の思ひ間歇熱のごと來り去り　いたく褪せし春服
犬あつき舌たれゐたり　都心への道の錯綜ここにはじまる
蜜月のをはりの地點　黑死病に・《て》死にたる乳母の墓あれどゆかず
蠶食(し)《され》來し境界にすきとほる雨衣つけし異國硝兵たてり
羽化寸前の羽蟻しきりに落下(せり)《して》(ソヴィエット)《USA》領事館(を)《の》(めぐりて)《たそがれ》
昔コムミュニストの老婆市場向(ママ)百合根と共によあけの首都へ
枯れ劇しき野に煌々とともりたる二つの夜行列車ゆきあふ
くらき眠りに入りし瞼に何か叩きつけるごと急行列車過ぎたる

窓より枯野ひねもす見えて見ざるとき過ぎゆく赤き日傘の少女

寝室の天の窓より見ゆる桃ほてりし屋根の瓦にふれて

沒落しつつある飾燈にかまきりのまがりくねりし內臟すかす

ひき上げし戰艦內部　空虛にてペスト猖獗後のごと黑し

鈍色のゴムの手袋にてさせり電流廻路圖解說明

神父熱をやむ室にして相伴のスープにごれり鹹湖のごとく

(晝)春晝の室しめきりてすりあはすそびら革砥のごとくきしみぬ

首府亡國のかなしみ《に》・みち(て)ゆく春を縞ある國旗ひるがへりたれ

織目にしんの骨に似せたる晴著きて敗《焼か》れたる國の男らさむし

少年少女 父母となる日のすゑくらき細口びんの中の杏仁

獸醫を愛し(ゐて《つっ》)にくみをりゆびかみて《さきを》ぬぐすみれいろのてぶくろ

植字工 聖書も歩兵操典もさかさまに活字ひろひてよまず

ふるさとのなき父・子《と》に(夏)まつり來と(ひれ赤きさかな いためられつつ《くびほそきあひるむしられにける》)

モディリヤニのサルモン像は鮭色のひふにみどりの瞼がかなし

蟻の巣が固きとびらをむしばめる酒場なり　サンタ・マリアと呼ばる

晴天のごとき思想を胎しゐむ鵞鳥の卵　かかともて割る

礫刑圖壁にゆれゐて卓上に生ぬるき酢をふくむ海綿

機關士と詩人と一つ部屋にすみ純白の肌著　旗のごと干す

母國にくむこと劇しくて祝日に弔旗を部屋狹きまでなびかす

假設劇場に默劇をはるとき一せいに夜の街かまびすし

映畫なるギリシアの神に晩餐ののちのみにくき黄の顏みらる

石粗き港に北の國よりのバター溶解したるをおろす

人間の素顏をあまたうつしつつ鏡のうらのさびし水銀

顚覆現場セットの汽車は寶石函大にて死より空虛滿たせり

いづくにも屬さぬ國旗わが胸にひろげてゑがく蛇・百合・ミナレ

妻刺して後二十年ひとやよりいできぬ食甚の月のごとくに

革命の敵あまた刺しとらはれし青年囚をかざる蜂縞

戰火おそれざる貌もてり受精の日すでにひびわれゐたりし堅果

ソヴィエトのたくましき戀　隣家との生木の柵をへだててきくも

獨裁者のもつくろきひげ恍惚とかつて若者ら誡ちかひき

曲馬團とピカソ展ひらかれて街なかのアスファルト朝よりひきしまる

キリストを(逸れゆく心《うとむおもひの》)日日ふかき涸河のそこ(ながるる)《に》コルク・・・《浮べる》

九月

うちふして眠れり空にうつうつと酢をふくみたる綿のごとき雲

囚人のごとくきびしき睡眠の時間を(きめ)もてり　やまひあつ(か)けれ

おとろへてかゆすりゐるちちのみの薔薇ふとぶとと秋芽をふける

馭者老いて晩夏をめぶくアカシアのさみどりの竝木たのめり　かへる

都心にてつねにちひさき颶風たち黑種草《ニゲラ》　實とならざるままの花圃

熱たかき子にかまけつつ忘れゐる(し)(て)(くれなゐはくらし夜のこひのぼり)《し夜のこひのぼりはためく音す》

陰險に世はうつりゆ(き)くうからどちぬる白かやのすそよごれつゝ

かすかなるえびいられしが夕風とたちまちさびてひゆフライ・パン
野獣派に似し舊作を葬りし灰すくふとてのひらうすし
ハムレットの出が迫りつつ老優の肌容赦なくぬりつぶさるる
黒人兵くちびる色の葡萄喰むたちがたき夜の記憶のしづく
人間のひそかにくらきいとなみの穢よ夜の海にあつまりゆけり
神の前にむすばれ三年　無人にてギター自墮落にかかる愛の巣
能面のごとき少女といはれカリフォルニア柑橘園にひとり老いゆく
農奴いのちのくるみの林みのりたり皺ふかくひびわれし固き果

聖なる魚のごと吊されて（汁たらす《したたれる》）鮭買（へり　結婚記念日前夜《ひてさらにまづしくなるも》）

くちびるを刺す生姜漬けむとひとづまが紫蘇もめりゆび血塗れにして

街路樹の蔭あつく戀生れざりき　アメリカシロヒトリすみてより

生えびのすきとほる肉（男）ゆきわたり男女しづかなり結婚の夜

眞珠灣の日に生れいで怜悧にてかりそめにちかふことなき少女

クウィーン・エリザベス　通はざる（みんなみ）南方の洋限りなく穢されゐたれ

みづからをにくみて暑き日々の糧なるにがき鹽と黒き麥

こころにひびく他人の戀もなき日々を華燭の鐘のぬすまるる唄

不吉なる海を南へ墮ちゆきし船かへりこむ羅針くさりて
戴冠の日もただの日の雨ふりて貧しくぬる、イースト・ロンドン
みめぐみの生ぬるき雨　天理とふヴァチカンの汚れたる屋根・屋根に
國亡びつつある晩夏　アスファルトに埋沒したる釘の頭ひかる
凍りたる道路修すとつきさせるドリル夕べを白き火花し
大工するどきのみあつるとき生々と桐材の肌にほふ烙印
書かれざる事多くしてあなぐらに古びつつ光りゐる活字々母
熱の眼につねにつめたき夜の庭（に）のあぢさゐありて衰弱劇し

巨いなるセロをいだきて汗ばめる憂鬱にして獸めく手よ

寢臺を王國とする中風の父のくちぐせ　Oh! yes indeed

動亂の地に印せし地球儀のぬれて世界がふく赤き汗

花粉ながるる空をくぎりて漆黑に昏れゆけり　牡のごとき煙突

襟青き少女の明日にかさなりていくさの豫感もよふ日の暈

昔いくさありし日の砂たまりゐてまづしき音す　セロの體內

羽蟻逐はれて夜の天窓に犇めけり　生き（のびてその果）《（をらばいつか・ゐればつひに逢ふ）》みなごろし

圖書館にて劇しき頭痛　革命史みかへしに淡黃色の巴里地圖

開花おくらせたるグラヂオラス咲きのぼりゆき　ながき子宮後屈

海芋の根蝕まれをり　かへり來し獨りの父の銅色の胸

黑人靈歌まれにひびきてはしための頰不可解にゆがむ薔薇牆

島國の烈しきひでり　海近き涸れざる河に煙硝にほふ

寒光の中に撃たれし　いとけなき鶫はくろき咽喉見せて死す

皮膚の色ことなる二人むすばるる式　燦と（して）我ら眼うづくも

ドン・ファンその新妻とくだ（りゆく《る》）階・・《暗し》地（の）底につづかざれども

酷薄に生きてうからつちか（へる）ふと晩夏くれなゐに薔薇芽吹ける

愛冷えし時かくならむヨセミテの崖 褐色の眼もてのぞけり

裸身すりよせて生きゆくシルクにて道化師人をもつともにくむ

飾窓にある勲章をひややかに義眼もて視しよりうづくもの

憂國の毒舌みちし室内に吊されて芯かわく腸詰

（少女《長子》）偏愛されをり　あつき庭園の（いづくにも《底ふかく》）根の溶けゆくダリア

雙生兒のひとり熱やみタクラマカン沙漠をひとりゆく夢見しや

別離の機 熟しつつあり夕べ濃きあつものにこぼれおちしヘア・ピン

野分すぎてのちさきさかる褐色のカンナ斷罪のごと伐りたふす

われら若き日の終焉をひたひたとたたへいづくも汚れたる水

館めぐるくるみの林　末裔の息ひそめたる日々に花咲き

はづされし聖餐の圖のほの白きパンに憑きたる緑金の蠅

西洋史帝政ロシア崩壊の日となりて　孔のごとき空席

懐滅《（ママ）》の記憶ののちにしたゝれるにくしみの朱の花さくざくろ

裸麥うれたる島の華燭にて海のにほひ（の）をはなつ新郎

こころよす柿花さきて市夕べしめりたるチェホフ書簡集など

ひややけき晩餐の刻　薄紅の斷層見せてハム削がれつゝ

交響詩「死の島」　豚の膩身が秤に（のりて）《重く》（にほふ）《のりたる》（よあけ）《夜》（を）《に》

苦しみて母死にしたたかひの日よ　にごりたる海に足ひたしつゝ

青年のベッドの脱衣さわや《（ママ）》かに映せり黒き硬質硝子

むぎうるる夜をはなたれて羚羊は愛撫四肢なめらかにまちをり

さらに濃き市街のやみにまぎれむと蟻はひ出づる赤煉瓦塀

電流つよく流れゐたればおぼろ夜の碍子しびるるばかりに白し

小さき酒場の設計圖古り　うすぐらき土間にながらく錆びし曲尺

きのふのシャツ著て巷ゆきゆきずりの綿華子《（ママ）》かひててのひらよごす

汗たりて欺きあはむ一日の夏あかときをうすき卵黄

僧侶死に至るやまひをひあふぎの花がみにくき果となるまでに

毒舌をきかむとびらの前にたつ洋傘のふちにしず《(ママ)》くつらねて

夕餐ごとにつのりくる不和　みづからの汗おとす淡きスープの皿に

憂國のおもひよぎるも春泥のはてにて錆びし王冠を踏み

晩夏隣の耳鼻咽喉科病院が飼ふ酷薄にして黒き犬

かたみに暗き過去もちて《てり》（生（き《く》を《干》り））柿の種子透明の肉（を）まと（ひ《へる／ひてのこる／ひて》　て）

市民のための猛暑のオペラたれへかの椅子白々とのこりて果つる

少女街潰滅の日をかたり合ふ　林檎褐色となる夜の卓に

「クレーヴの奥方」を貸しあたへむに少女熱やみて褐色の舌

(電)おとろへて眠るまひるを電工が空より黒き汗したたらす

ひざしびるるごとく坐りてたそがれの倒れたる朱のカンナに堪ふる

過去たちて來し雪國に雪ふりて午後たにそこのごとき刻あり

異國に果てむ一生のためにおくるもの緑青にくるる浮世繪のうみ

熱帶魚の透けるはらわた　法網をくゞらむ才もなく壯年に

競輪場の雨　削がれたる薄き地に砂ながれゆくさまみて徒食

神父俗なる昨日をもてば壜底の濃きソースときありて舌さす

脂房《肪》あつき夫人の裸像描きをりもろき三脚にさゝへられつゝ

惰眠よりさめ(し)《たる》夕べ(を)灰色の切りきざまれし海鼠見て咳き

陽は寝臺の下にとほりていつよりのうづたかき(かげらふ)《蝶》の屍てらす

「かげらふ」はママ

灼くる肌を戀ひてうつりしこの地の石鹼の泡立ちがたきみづ

國籍は日本と沁みて思ひつつ吐きすてしつば地にかわかざる

積まれゐし黒き鐵管いづくにか埋められて不吉なる空間を

アリアの如く讃歌うたひて寝臺に君あり顔に脂うかせて

黒き屋根の下に肋膜わづらひて人あらむ時雨いたる日々

遺産相續すみてののちのまづしさにもてあそぶ斑に銹びしライター

日々生るる黒き影あり綿火薬こぼれし道の後《跡》を絶つ野に

ドイツより來る樂人眸くらくみな（樂人）（のご）憲兵のごとき名もてる

花季をかへりきたりて夜々の無人のすさまじき捕鯨船

こひのぼり紅暗く垂れゐたり　たつて《（ママ）》尚武の國のたそがれ

愛よりも惡しみのため別れざる二人　晩夏を萌ゆる瑠璃萵苣

カンナ窓ちかくひらきて鹽うすき朝の流動食を昏くす

娶り近き漁夫の心に(鈍色の水上)・礁《暗》(の吹かれゐる)(海)《をふかひひめたる錆色の》沖　「ふかひ」はママ

烏賊のくろき腸をぬきつつ耳すますオラトリオ火刑臺上のジャンヌ

嫉妬は衣食たりての後か　めつむりて昇汞を魚の目にしたたらす

惡意よりなほさわ《(ママ)》やかに抽んでし黑穗を若き修道士愛づ

高音に聖歌をはりて(覗かるる神父ののどの)ももいろの（や　み）《神父ののどのおく覗かるる》

默劇の悲戀に視入りつつ少女ほゝゑめり白き犬齒を見せて

鹽鯡のきにつまれて素氣なきクリスマス・イヴの街を臭はす

裸婦も魚も暗き燈の中に浮きかびくさきうゐのたゞよふ畫廊

少女嫁ぎゆきのこされし指紋あるピアノとあかき含嗽剤と

（夫婦《夫人》）くらき怒りに滿ちて鷄頭のくろき細かき種子叩きだす

暗き夜は漆黑の房光りつつ葡萄みのれり賣らるるための

壯年のなほ娶らざるある夜を秋刀魚鈍色の腹割かれつ、

狷介にして三人の美しき子女もてり風の中の翌檜

西域に死したる記録胸あつくよみ了へて夕餐なす舌ひらめ

甘藍の鈍色の莖ぬきんでて花さけり肝硬變豫感さす

私事あかさざれども枯れし向日葵に種子慄然として犇めける

子がゑがきたる蛸巨き貌もちて神父のごとき茫漠のゑみ
舌ひらめ甘露煮の餉と黑きすそひきずりて神父永きいのりす
泥濘へのびる蔓薔薇人の子に塒はありてひでりの《なる》屋根
新樹とほくかほり《（ママ）》神父が夜ふかくはなぢにてゆびぬらす殃
自らの花季知らざりし老年の園丁貧齒類に似し貌
繼母肥り花部屋部屋に飾りをり墓飾るごとよろこび滿ちて
父の結婚披露むげなる盛會に身をかがめ喰ふうすき冷肉
基地に裸麥つちかふと生ぬるき水くみあぐる深き井戸より

あまた釦はづして火夫のねむりたるゆふべきつねのてぶくろの雨
漂ふごとく熱ある眠りゆだねゐる一日市中のもろもろのこゑ
油蟲髪にとまりて何ものも愛さざる日の淡きオムレツ
空中を來し花粉いま女松原ふかくしづめり　昏睡いたる
ダリア載せられたるピアノ夕ぐれを微妙に狂ひ鳴れり晩春
料理人獨身にしてゆび先のためらひあつし生のパン種
酸素ポムプのころがる空地急ぎつつ懺悔の刻におくれつつあり
重油槽內部からびてをりからの唄ひびきこもりたり「死と少女」

刃物漬けて蜆の泥を吐かせをり　曖昧に過ぎゆきたり今日も
腐敗ちかき卵を溝にすてたればひとときそこに灼くる夕映
老齢に入りて一人の子をなせり　蒼白のかびひだなす醤油
晩餐の切られしトマトうすき血を流せり　多産なる聖家族
けたたましく英語の少女かたまれる終電車にてすゆる籠の枇杷
みづからの汗ににてわづかにからき麥湯あるときふと胸あつし
蛇口より罌粟畑までのばしたるゴム管硬化せり水洩らす
娶らざる神父いくたび結婚の聖句あたへ(て)しかやこゑ嗄らす

颱風の眼の中にて暗きアヴェ・マリアとなへとほして舌の根いたし

涸れし眠り濃く涵すべき錠剤を暗紅色の紙につゝめる

月光にそびらひえつつ眠りたり　ゆめ泡だちて墓域のごとし

聖家族いのりみぢ《（ママ）》かくくひはじめたる裂《（ママ）》風の夜のあつきめし

野分すぎし残骸の町　電流がながれをり生々しく美しく

食卓の胡椒しめ（りて固ま）れり新しき母ときびしく眸・《を》あはす

晩年に至りてふるき繿褪めぬ　叺の中の生のらつきよう

果樹園用梯子の足に防腐剤ぬり（たり《て》）（ひえびえ《むざむざ》と）加ふる馬齢

浴室のガラスのしづく　低音にまつはりて(消ゆ)ボーイ・ソプラノ・《は》きゆ(る)

つかれはててかへりみる時日々の黒く葬られゆける七曜

皮膚のごとこはばり透きしビニールにおほふ海鼠の晩餐の卓

晴天に黒くひかれる砲身をけむらせて樹々風媒なせり

晩餐につねおくれくる父のため角くだけたる豆腐の清汁

青年をたえて見ざるに棉みのりいよ〳〵荒地めく開拓地

うらぎりのごと鬱としてむらさきの無花果はあり　夜の空港

欺かれつつ吾ら生きゐて冬の日の禽獣の眸のふかき褐色《かちいろ》

寒夜舌（いたき）やく生姜湯をのみこぼし寢臺の鐵の一脚ぬらす

電流されて後をものうくめぐりゐる木馬吾らのごとく色褪せ

口とぢて庶民のごとくこはばりし鱈ほぐすなりおそき晩餐

禁忌あへて犯せるごとし　てきめんに空港にそひみのらざる胡麻

タムタムをゆるくはじきて唄ひゐる黑人兵よ　いづくに死なむ

風信子みつつ買ひかへらず（家に）我に瞼くろずみつつ若き母

怠惰なる子らにのこさむいくばくの畑蕃椒くれなゐけはし

恃まざるものはもとより北海の海鼠 愚鈍にせらるる巷

建築家ひそかにめとりたれ晩夏(日々)ゑり《(ママ)》(くびの)接吻のあとの紫

荒れし舌さすつぶつぶよたたかひの日もひややかに光りしざくろ

子を愛しつつを孤絶のかげさむき父たりき(さやかたき)《青くにえし》そらまめ

市民の暗き背後を流れいつの日も不眠に白くにごれる河口

火事あとの砂黒色に光りつつちぎれたる厚き囚人名簿

食卓のおほひの中に蜂紛れこみまだ固き杏を螫せり

愛國の拱手して何愛さむにあらくさの中の黒き秋茄子

夕べの光り忽ち消えぬ　あつもののくろずみし泡掬杓子《あわすくひ》のために

さけがたきいくさをいひて默すとき忘れゐし羹が沸騰す

政治論みな（口々に）熱するとてのひらの微妙なる擦過傷うづきそむ

しまひ湯の脂うきつゝおちゆくと下水生々しきひびきなす

錢湯に西日照りつつひそかなるおのれの時をたのしむ吾ら

激論ののちの卓にて卵白の流れたるあとしづかに光る

音樂會場內むれていらいらと皮膚ふれ（につつ《あふに》）（流れ《ひびき》）くる「鱒」

にくみゐればまむかひてその食欲を見つめむと皿にふらせし胡椒

癈兵のきずなき胸よくさりたる鳥小舍に白き卵はありて

風日々戀うしなひし下婢のささくれしゆびさきの瘭疽に

少女枇杷の樹にのぼりをり　たそがれと霧ながれ足ぬれたる梯子

足袋白く旅立ちにけりのこりたる下婢と犬と灼けたるたゝみ

明日の一切の炙肉それに賭けうでからませぬ　くらきまみにて

はたはたが切りに翔てり　おろかしき善意に滿ちし身野を過ぎれば

烈風のある日空しく過ぎたれば內部錆びゆけり木管樂器

圖書館に烈しき夕燒　鍵させる地下の古典はいくさに滿てる

昔日の軍樂の錆臭ふなり　蛇狀管樂器の深部にて

死に至る戀いつの日に　こゑ嗄れし少年母音歌唱を終る

死の行進の後の軍靴にかず知れぬ革縫針のさき輝けり

少女母に似て喧しき晩餐のうすぐろく煮つめられしやり烏賊

屋根裏に煤けし妻とあひいだく老いし旗手　旗なきのちの世も

血脈の夜も透きつつ罌粟の花さかりとなりて危険なる豫後

神父のゆびのごと夜を匂ふくちなしの花さ（かり《き》）不倫なる敎區民

七人の子のおほよそは兵士にて父の扁桃腺炎重し

市民ひとりひとりいかりをもちてすむ生垣の木々の灰色の幹

生死にかゝはることばやすやすとかはしつつ黄に枯るる帚木

七階の曇りの空に父と子のかたびらかわき壮んなる夏

まづしくて花ふふむ日をとりいだす春服のかくし濕りてゐたる

納ひ忘れしサンタ・マリアの額ありて深夜下駄箱の上ほの白し

血(の)紅の薔薇みな剪りて漬けたれば不吉に映ゆる夜の洗面器

悪をなす力欲りせり(晩秋の)埋れ火に髪・・《の毛》おちて(灼け)臭ふたまゆら(に)

記憶うしなはるるごとし　くもり日の紅色のたたまれたる傘に

自由戀ひしかつてのわれら　魚市の箱形りに凍りたる鹽鯡

近よりて影まじらはず　とまりたる市電の底のくらき車輪に

空の電車いたくきしみて炎天のわれの頭部のかげひきゆけり

病む十月　夜の甃石に轢かれたる核われて鋭くにほふ杏仁

鐵の釘抜きにて割らしめし杏仁の鋭くにほひつつ病ひすすむなり

中年の帽子くたびれたりとほく皇帝圓舞曲鳴りいでて

青年コック不逞なる志もちて牛の舌ながくながく煮つむる

夭折の父の子たれば冬日をこがして喰ふ牛の肝臓

製粉所よりのびし電線　善ㇾ慈病院と肉屋をつなぎ荒野に

刻まるるみじかき生のひとゝきを西日うけたる火酒の空壜

こゑがはりする少年とチューリップ　頸纖くして曇天の下

燕去りつくししさむき硝子戸の中なる少女蒼くゆがみて

つりがね草のよは《（ママ）》きむらさきその他に世界・《今》死にいたるやまひを（もてる）

窓々の劇しくけむる日本の秋さりてあるひ偏頭痛あり

戰《いくさ》（ひ）なくば飢うるものらに休日の夕べとなりしブリキ色の海

招かざるものへの夕餐　沈默とゆたかにもられたる辛子壺

弱ければみづからにのみそそぐ愛　濃き褐色のパンある夕餐

古き祕密のごと昏かりし葡萄棚枯れてやすらかなる晝の天

地下室に鳥人クラブ木耳のつめたき夕餐ひそかに終る

純白のダリア咲きたりかつて戀爭ひし一人平凡に死す

かつて愛の記憶をもたず苛酷なる石炭酸のにほひを愛す

古き雨水たたへし(醬油)樽にさす西日赤しも怺へゐること多き

遺兒熱帶(魚)植物あまたつちかへる指うつくしくして娶らざる

午まへにめざむる巷　紐を地にひきて走れり錆びし自轉車

下僕いつしか・・《亡き》父の座にあさ毎のぬるき牛乳コップに滿たし

漁夫人妻の肩ごしに見き　雨の日のをはりは海にひたる桟橋

荒物商の天井にときありて光る髪の毛のごとく赤き針金

（地下室に百合ある巷とほく去り《百合にほふ地下街とほくのがれきて》）罰のごと何もなき暗き沖

神に栄えあれと夕べのいのりする先づみぞに魚の腸すててのち

心刺す氾濫の報つづきをり　林檎むき褐いろとなる間も

涸川にむらさきの肉だす蜆　険しきこゝろ有ちつつ冬に

羽斑蚊いのち終らむくらやみに熱あるわれの肌刺してのち

つくり花巷に咲ける日々を患みて遠霞を牆となす

死にあたひする罪ありや人ありて濡るる驟雨の中の干潟に

まづしくてつとに眼もよはりつゝ《(ママ)》溺愛すふるき淡き山水

人蔘の細きを刻み生きむとす　豐かなる雪のつむ屋根の下

ハレルヤのきよきソプラノ天窓のすすゆりのぼりゆくくらやみに

嫉妬の眼へだてて卓の花打ちて夜の蠅叩きいさゝかぬれし

不眠の火薬工あまたゐて工場のあつき屋根ぬれをり發光す

ことば滅びつゝあり林檎ころがりてかくれたる邊に夜の鞦韆

雪厚くやはらかなれば北國の青年汽罐車のごと生くる

屋上苑豪雨過ぎしが革椅子のぬれとほりたる重き一脚

さらに寒き地の獸苑にうつさむとクレインが老いし象吊り上げぬ

旅客ふかき眠りにおちて汽罐車の地にふりこぼしゆく火を知らず

修道士となりて切なる夜々を見ざれどもあぶらみなぎる運河

市長夫人蠶のごとく眠りゐる晩夏の室の赤き消火器

少女豆腐をてのひらにおき眼をつむる　クリスマス・イヴはとほき巷に

汽罐車の底部にもつれゐる車輪、パイプ　人たのまず生きぬかむ

月の光りにてらさるる時　肌ぬれて夜の篠懸の逞しき瘤

しあわせな出会い

林　和清

塚本邦雄とはじめて相見えたのは、昭和六一年四月のことだった。前の年に角川短歌の「公募短歌館」に応募した拙歌が、塚本邦雄によって特選の末席に選ばれ、同時に一通の封書がとどけられた。そこには、創刊まもない「玲瓏」へ出詠しないか、塚本邦雄講座「夜鶯の會」へ参加しないか、という二つの案内が記してあった。その時の喜び！　世界への扉が一気にひらき、つよい光がさしこんできたような思いだった。

当時は経路を調べるすべも、人に聞くか、駅に行くか、くらいで、京都から必死の思いで講座のある八尾へでかけた。途中の駅でいきなり電車を降りてしまったり、何がなんだかわからないまま講座に参加し、塚本邦雄と会った。白いオーラを放つその人に二三歳のわたしは「夢のようです。」というのが精一杯。塚本はすかさず「やがて悪夢にかわるでしょう。」と返す。なんてすごいんだ！と圧倒された。それが今に至る始まりなのだから、しあわせな出会いであったことはまちがいない。しかし、その出会いの日までは短い時間ではなかった。塚本の短歌や散文に魅かれ、手に入る範囲のものをよみふけり、いつかこの著者の謦咳に接することのできる日を夢見つづけていたのだ。

本当に今とは情報量がちがいすぎた。六十歳代らしいということはわかったが、関西在住だとはわからずにいた。ましてや健康状態などしるよしもないので、もし会えないまま逝去されたらどうしようか、と焦りを感じはじめた。朝起きてまっさきに新聞を広げ、訃報欄を確認する。「塚本邦雄の名前はない。よかった……。」と胸をなでおろしたものだった。

そんなころ、「国文学解釈と鑑賞」で塚本邦雄特集があった。書店で見つけて飛び上がるほどうれしく、購入してはすみからすみまで熟読した。佐佐木幸綱の巻頭エッセイにはじまり、長谷川泉との対談、図形を見せて反応を調べるロールシャッハテスト、第一歌集の評は辻井喬、ほかに松田修、磯田光一、久保田淳、永瀧達治、もちろん岡井隆、篠弘、岩田正と、その時点での最高の執筆陣が総力で塚本を論じつくす、まさにバイブルだった。

そこに掲載されていたのが、「未刊歌集『豹變』抄」と題する新作三十首。これにはまった。それまで読んでいた初期六歌集の歌とも微妙に違う。ましてやほかの近代短歌や現代短歌とはまるで別物。きらびやかな華麗さはないが、滋味あふれるというか、いぶし銀の渋さというか、とにかくその三十首のかもしだす独特の空気感が好きで好きで、胸がうずくようなたかぶりを覚えたのだった。

日向灘いまだ知らねど柑橘の花の底なる一抹の金　『豹變』

夏風邪にくちびるかわく蜃氣樓《かひやぐら》見しおもひでのあざやかにして
かつて孔雀を見しはいつの日雲母《きらら》なす霙のなかをわれらあゆみつ
帝王一人妃三人のすさまじき劇觀たりその夜半《よは》の葛切
菓子屋「閑太」に人一人入りそのままの長夜星よりこぼるる雪
男やさしき二月の巷一塊の海鼠《なまこ》藁もてつらぬきにける
三月の雪に雨降る美濃近江子に文鳥を約しつつ買はず

これらの歌は一首の中に物語を内包し、かつてのランボーとヴェルレーヌのような耽美性はないが、六十代で老いを迎えた塚本自身が中心にいる、すこし皮肉の効いた市井のドラマが展開されていて興味を引くのだ。

「日向灘」の歌もやたら金ピカにならないよう艶消しがほどこされている。「蜃氣樓」や「孔雀」を見た想い出はあざやかで、若き日の恋の記憶のような雰囲気もある。どこかに『ヴェニスに死す』のアッシェンバッハの面影がゆらぐような気もする。

何となく京都を舞台にしているような印象もある。劇を見たのは「南座」で、葛切を食べたのは祇園「鍵善」ではないか。人が入って出てこない和菓子屋は、雪の降る中京の町屋ではないか。それはわたしの生まれ育った世界でもある。

藁でつらぬいた海鼠や子に買わなかった文鳥など、すこしも美々しくない題材のもつ俳味。若いわたしはこの渋い世界にノックアウトされたのだった。

そして生きて無事に初めての出会いを迎え、翌年には第十五歌集『詩歌變』が刊行された。この歌集で塚本邦雄は詩歌文学館賞を受賞する。第三歌集『日本人靈歌』で受賞した現代歌人協会賞以来、約三十年ぶりの受賞。塚本を囲む環境も、歌壇での立場も、そして塚本自身の意識も大きく変化する時代を迎えていたのだ。

詩歌變ともいふべき豫感夜の秋の水中《すいちゆう》に水奔るを視たり
おどろくばかり月日がたちて葉櫻の夜の壁に若きすめらみこと
花冷えのそれも底冷え圓生の「らくだ」火葬爐にて終れども
天使魚の瑠璃のしかばねさるにても彼奴《きやつ》より先に死んでたまるか
枇杷の汁股間にしたたれるものをわれのみは老いざらむ老いざらむ

『詩歌變』

水中に奔る水を見る視点は、詩歌の中にあって変を起こそうとする意識であろう。葉桜の壁にのこる御真影は、まさに若き昭和天皇の姿である。戦争を憎み、戦後を生きておどろくほどの時間が経ち、自身も老いたが、天皇は若き姿のまま壁に磔にされている。

落語が題材になるのもこの頃から。「らくだ」は、火葬場すなわち火屋で、酒飲みが、「冷やでもいいからもう一杯」と言う下げで終わる。これもまた美々しくはない世界であり、この時期の塚本は「キレイはキタナイ、キタナイはキレイ」を実践しているようだ。

こと志に添ひつつとまどへりある日つゆけき言葉「七騎落」　『歌人』
枯木星あたたかくして母よりも父の名先に忘らるるかな
朱の硯洗はむとしてまなことづわが墓建てらるる日も雪か
踏み出《いだ》す夢の内外《うちそと》きさらぎの花の西行と刺しちがへむ
思ひいづるおほかたは死者篠原に野分《のわき》いたりてしまらく遊ぶ

『豹變』『詩歌變』に先立つ第十三歌集『歌人』。この文庫版に収録される三歌集のころ、塚本は、小説・詩・俳句などあらゆる文学ジャンルに挑み大きく読者層をひろげた時期を経て、短歌の本道に立ち返ろうとしている。それは『歌人』の跋「歌人《うたびと》とわが名呼ばれむ」に顕著である。『塚本邦雄湊合歌集』で歌業を集大成し得たことも糧となったのだろう。

「朱の硯」はわたしの最愛の歌だが、実際このころ塚本は京都の妙蓮寺に墓を建立している。それは死を射程距離に置いた老いの意識そのものなのだ。また、仮想敵・西行と刺し違えようとするのは、自身を修辞派・定家になぞらえ、歌に生死を懸ける覚悟であろう。

塚本邦雄が短歌の本道に立ち、企てた「變」とは何だったのか。島内景二氏は、「自己認識を変えるだけで、自分は生まれ変わることができる。世界認識を変えれば、世界は変容する。」という思想が塚本の「變」だと解く。その説をふまえるならば、具体的に塚本は、何をどう認識を変えたのだろうか。

前衛短歌はまさに最前線の部隊で短歌を変えた。六十代の塚本は、この三歌集で、短歌の本隊を変えようとしている。短歌の本隊は、「人生詠境涯詠」であり「生活詠日常詠」である。塚本は自らその本隊の内部において歌うことにより、境涯や日常を詠んでも、事実に拘泥することなく、言語感覚を駆使し、人間の業や世界のひずみを垣間見せるような物語的な広がりを持つ、詩歌空間をめざしたのではないだろうか。それは前衛短歌運動のように衝撃的ではなかったが、石垣にしみこむ雨のように、短歌の本隊に深く沈潜し、写実系歌人たちの境涯詠、日常詠をも静かに変えていったのではないか、と思うのだ。

この三歌集の歌はどれもがなつかしい。そのころのわたしは不遇のどん底にいた。実家の家業が傾き、家・土地は売却され、学業も中断した。毎日の労働に耐え、さげすみの視線を受けながら、「今に見ておれ」と闘志だけをみなぎらせていたそのころ、塚本邦雄の歌が最大の心の支えだった。初期六歌集の名歌はもちろんのこと、同時代に新作として出会った三歌集の歌は格別に心にしみる。これは一生、変わることのないものである。

解題

島内景二

本巻には、塚本邦雄の残した二十四冊の「序数歌集」のうち、第十三歌集『歌人』(うたびと)・第十四歌集『豹變』(へうへん/ヒョウヘン)、第十五歌集『詩歌變』(しいかへん)の三歌集を収録する。

加えて、塚本邦雄が若き日に書き記していた手控えの「自筆歌稿帖」の二冊を、『神變詠草・五　贖罪帖』(一九五四年五〜八月)と『神變詠草・六　篠懸帖《すずかけ》』(一九五四年八〜九月)と仮に名づけ、翻刻して紹介する。この歌稿帖が記された一九五四年は、塚本邦雄にとって、肉体的にも精神的にも大いなる試練の年だった。前年の十一月に、職場の集団検診で肺結核が判明し、この年の二月と三月に精密検査を行い、七月には職場を休職するに至った。復職は、二年後の一九五六年七月で、第二歌集『裝飾樂句』の刊行された後だった。『贖罪帖』と『篠懸帖』は、塚本邦雄の「療養歌帖」である。自己の生命の原点を凝視し、迫り来る死と戦い、自分の生きる世界の危機を看破したものである。戦後日本が病んでいるから、日本人である自分が病んでしまったのか。それとも、病んでいる自分の目には、世界のありとあらゆるものが病んでいると見えるだけなのか。もしも、自分が表現手段として選んだ短歌形式もまた深く病んでいるとするならば、病んでいる自分は、病んだ世界と、短歌形式を用いてどのようにして戦えばよいのか。その思索の成果が、今回翻刻する二冊の療養歌帖である。

まずは、公刊された三冊の序数歌集から、順に見てゆこう。

第十三歌集『歌人』（うたびと）は、一九八二年（昭和五十七）十月二十日に、花曜社から刊行された。林春樹が興した花曜社からは、前年の『新古今新考　斷崖の美學』を皮切りに、塚本の多数の歌集・小説・評論が刊行された。花曜社は、塚本にとって重要な出版社の一つだった。林は花曜社の前には大和書房に勤めていたが、大和書房からは塚本の『驟雨修辭學』『透明文法』などの「未刊歌集」（一冊の歌集として公刊されなかった短歌作品を集めた歌集）、瞬編小説集『黃昏に獻ず』などが刊行されている。これらにも、あるいは林が関与していたのかもしれない。

『歌人』の刊行日である十月二十日は、奇しくも、第一歌集『水葬物語』の扉を飾った「詩人」アルチュール・ランボーの誕生日である（一八五四年）。また、『歌人』というタイトルの由来は、「跋」に「歌人《うたびと》とわが名呼ばれむ」という副題が付いてるので、松尾芭蕉の「旅人とわが名呼ばれむ初時雨」という句からの連想だということがわかる。芭蕉が、この句を詠んだ句会は十月十一日に催され、『笈の小文』の旅に出たのは十月二十五日だった。その芭蕉の命日（時雨忌）が、十月十二日（一六九四年）である。

これまでに刊行されていた塚本邦雄の十二冊の序数歌集では、『水葬物語』以来、漢音（漢字の音読み）の硬質の響きが愛好されており、訓読みが交じるのは、第九歌集『青き菊の主題』のみであった。訓読みだけの『歌人《うたびと》』という命名は、まことに異色である。跋の副題に、「歌人《うたびと》とわが名呼ばれむ」と、わざわざルビが振られているのは、「かじん」と音読みされないようにという配慮からだろう。

ただし、歌集を構成する連作のタイトルでは、相変わらず漢音が多用されており、大和言葉としては「白妙」「たれかは」「秋風のすみか」があるのみである。「囀」は、「さへづり」ではなく、「てん」と読むのだろう。なお、連作タイトル「詩歌變」は、そのまま第十五歌集のタイトルになった。連作タイトル「斷絃」は、『歌人』と『詩歌變』の双方に現れる。

『歌人』が刊行された一九八二年の五月には、これまでの全歌業を集大成した『定本塚本邦雄湊合歌集』が文藝春秋から刊行されている。第一歌集『水葬物語』から三十一年後である。三十年は一世代だから、一世代の間に積み上げた業績を「湊合」したかったのだろう。「湊合」は「総合」と同じ意味であるが、森鷗外がドイツ観念論を論じるときに用いている。美と人生、現実と幻想など、多方面に展開された塚本短歌を弁証法的に止揚する「合一」が、「湊合」という言葉の底に潜んでいる。この壮大な記念碑を前にして、「歌人とわが名呼ばれむ」という自賛の表現がなされたのだろう。多面性を湊合した歌人、というセルフ・イメージである。

なお、「旅人とわが名呼ばれむ初時雨」の句を含む芭蕉の『笈の小文』には、「西行の和歌における、宗祇の連歌における、雪舟の絵における、利休が茶における、其の貫道《くわんだう》する物は一《いつ》なり」とある。短歌・詩・俳句・小説・評論・書などのジャンル群の垣根を越境して自在に遊泳し、古今東西の芸術分野全般に無尽蔵の知識を誇った塚本が、自らの活動を「貫道する物は一」であると宣言している。それは、『笈の小文』に「遂に無能無芸にして、ただ此の一筋に繋がる」とある「無能無芸」が、実は「万能」と表裏一体であることの表明である。

反・反歌論草《さう》せむとして夏雲の帯ぶるむらさきを怖れそめつ

『歌人』の巻頭歌である。「反歌」は、『万葉集』で、長歌の直後に置かれる短歌のことである。同時に、「反歌」には、「和歌・短歌・詩歌」のアイデンティティーを根源的に問い直す「論」という（例えば第二芸術論のような）意味もあるだろう。「反・反歌論」は、和歌・短歌・詩歌の否定論に対する反論である。否定を媒介とした肯定論である。古い詩歌ではなく、新しい詩歌の誕生。それが、「詩歌變」の意味なのだろう。

なお、この歌の紫色を帯びた夏雲は、雷雲であろう。塚本は雷雲を見ていて、一九四五年八月六日に呉市から遠望した広島の「原子雲」を想起したのではなかったか。人間が作り上げた文明を破壊する「反・文明」としての原子爆弾、そして戦争。その「反・文明」

に対峙するものが、「反・反・文明」としての現代短歌である。歌人は、「反・反・文明」＝「あるべき文明」を創出する使命を帯びている。

第十四歌集『豹變』は、一九八四年（昭和五十九）八月十五日に、花曜社から刊行された。奥付によれば、印刷製本が八月六日、発行が八月十五日である。一九四五年八月十五日を、塚本邦雄は「敗戰忌」と呼んでいた。その大日本帝国が滅んだ年から数えて、ちょうど四十年目であり、四十回忌に当たっている。印刷製本の八月六日は、塚本が呉市から遠望した広島への原爆投下から、四十回目に当たっている。

　夢の世にやまがは越ゆる　縲絏《るいせつ》のわれや白鶺鴒《はくせきれい》とならびて

「縲絏」は、罪人という意味である。戦後日本を生きる歌人は、「縲絏＝罪人」であり、原罪を背負っている。戦争がもたらしたもの。そして、戦争をもたらしたもの。それらを「縲絏」として引き受けることから、戦後歌人は出発した。四十年後も、その罪は消えていない。そのような戦後歌人の伴侶が「白鶺鴒」だったというのだから、この白鶺鴒こそが、塚本邦雄が追い求めてきた「詩精神」、すなわち前衛短歌なのであろう。人間は、生きている限り、日本の醜い現実から解放されず、歌人が追い求める究極の短歌も詠みいだすことはできない。けれども、「夢」の中では、それが可能である。究極の短歌は、「反・反・文明」として、理論的にはその生成が可能である。けれども、「白鶺鴒」のように、いつも目の前を飛翔しながら、捕獲することのできない存在なのでもある。
夢を歌った歌をもう一首、挙げておこう。

すててはじめて言葉ぞさやぐはつなつの夢のなかなる夢に茄子苗

この時、塚本邦雄は、隠岐の島に流された「罪人」である後鳥羽院の和歌を、念頭に置いていなかっただろうか。「何か思ふ何かは嘆く覚《さ》めやらぬ夢のなかなる夢の憂《う》き世を」。承久の変に敗れ、縲絏の身となり、隠岐の島で、『新古今和歌集』を撰び直した後鳥羽院の執念が、「夢のなかなる夢」という言葉に込められているのかもしれない。
なお、「こころ映さむ」と「戰慄家族」の中に、ほぼ同一の表現の短歌作品が見られるが（「こころざしも千差萬別室生寺《むろふじ》のしやくなげにさす紫紺の沒陽《いりひ》」「こころざしも千差萬別室生寺のしやくなげにさす紫金の沒日」）、本巻ではそのままにした。

第十五歌集『詩歌變』は、一九八六年（昭和六十一）九月二十五日、不識書院から刊行された。「玲瓏變」という副題を持つ跋を記したのが、九月八日の白露《はくろ》。二十四節気の一つである白露は、秋分の十五日前。奥付によれば、『詩歌變』の印刷は九月二十日。この年の彼岸の入りである。秋分が二十三日であり、彼岸が明ける一日前の二十五日が発行日となっている。秋の彼岸を強く意識した日付だと言える。前年の三月、満六十五歳の塚本邦雄は、京都の妙蓮寺に「塚本家之墓」を建立している。そのことと関連するのではないだろうか。塚本邦雄は、「死」を意識している。

この『詩歌變』によって、塚本は、一九八七年五月、第二回詩歌文学館賞を受賞した。一九五九年六月、第三歌集『日本人靈歌』によって、第三回現代歌人協会賞を受賞して以来、実に二十八年ぶりの歌壇における顕彰だった。ここから、歌人塚本邦雄は、歌壇の賞を続けざまに受けるようになる。

なお、跋の副題が「玲瓏變」となっているのは、刊行の前年の十月に、塚本邦雄撰歌誌『玲瓏』の創刊準備号が刊行され、刊行年の一月から『玲瓏』が一号から季刊として刊行され始めたことを踏まえている。塚本は若い同志たちと『玲瓏』を創ることで、自らの芸術的創造力を若返らせようとした。「死」を意識するからこそ、「新生」というテーマが浮上してきたのだ。

いくさ勃るべくしてしづかうつせみの空心町も去年《こぞ》ほろびたり

「空心町」という町名の死、戦争による国家の滅亡、文明の荒廃による美しい詩語の消滅、それらを阻止する力を持たない「現代短歌」の存在根拠の消滅、我が身にしのびよる死の予感。さまざまな「死」が、この歌の背後には犇いている。この中で、最も死に瀕しているのは、「詩語」で綴られる「歌」であろう。その事実を歌人として必死に阻止しようとしてきた自らの命の果てる未来を、塚本邦雄は「しづか」に見つめている。

以下、塚本邦雄の自筆歌稿帖の解題に移る。それぞれに、作者自身によるタイトルは付けられていないが、巻頭歌と巻軸歌によって、『贖罪帖』『篠懸帖』と仮に命名する。既に記したように、塚本邦雄の「療養歌帖」である。どちらも短期間に清書されており、病への不安を、短歌創作への情熱に昇華しようとする意気込みが感じられる。

塚本邦雄の推敲過程を示している具体例を、いくつか挙げておこう。

死者なれば彼らはいつの日も若く重装の汗したたる兵士　『篠懸帖』の初案
死者なれば君等は若くいつの日も重装の汗したたる兵士　『装飾樂句』

「彼ら」という、客観的な三人称を、「君等＝君ら」という二人称の呼びかけに変えることで、戦争の現在性、今もなお戦争が継続していることが強調される。

羽蟻逐はれて夜の天窓に犇めけり　生きのびてその果みなごろし　『篠懸帖』の初案
羽蟻逐はれて夜の天窓に犇めけり　生きをらばいつか逢ふみなごろし　同・推敲
羽蟻逐はれて夜の天窓に犇めけり　生きゐればつひに逢ふみなごろし　同・推敲
羽蟻逐はれて夜の天窓にひしめけり生きゐれば果てに逅ふ　鏖《みなごろし》　『装飾樂句』

死を宿命づけられた「羽蟻」が生きていることを表現するのには、「生きのびる」「生きをるゐ」のどちらが適しているのか。また、生の最後に待ち受けている死との出会いを表すには、「いつか」「つひに」「その果」「果てに」のどの副詞が切実なのか。その選択肢が、いくつかあったのである。

少女偏愛されをり　あつき庭園のいづくにも根の溶けゆくダリア　『篠懸帖』の初案
長子偏愛されをり　あつき庭園の底ふかく根の溶けゆくダリア　同・推敲
長子偏愛されをり暑き庭園の地《つち》ふかく根の溶けゆくダリア　『装飾樂句』

「長子」の初案が「少女」であったのには、驚かされる。「いづくにも」↓「底ふかく」↓「地《つち》ふかく」という推敲の深まりも、興味深い。
また、推敲例ではないが、『装飾樂句』の歌と地下水脈で繋がっている例を挙げる。

聖ピリポ慈善病院晩餐のちりめんざこが砂のごとき眼　『装飾樂句』

難解で知られる歌だが、塚本邦雄は「ちりめんざこ」の歌を、何首も試みている。これらと読み合わせると、「ちりめんざこ」を食べる場所が必ずしも「聖ピリポ慈善病院」でなければならぬ理由があるわけでないことが理解できる。

こころむなしくなりて喰へり　燈の下に砂金の眼もつちりめんざこを　『贖罪帖』
車輪工場のうらに第一舞踏手が棲めり　ちりめんざこの晩餐　『贖罪帖』
プリマ・バレリーナの苦悩　晩餐のちりめんざこを喰みこぼしつゝ　『贖罪帖』

また、この時期（一九五四年）に、塚本邦雄は「白い馬」をモチーフとする歌を詠んでいる。

氷嚢のぬるきしたたり　白馬を冷やせしとほき河にながれよ　『贖罪帖』
白き馬の四肢かがやける映畫みて激しく汗す少年末期　『贖罪帖』

この「映畫」は、アルベール・ラモリス監督のフランス映画「白い馬」であり、一九五三年のカンヌ映画祭でグランプリに輝いている。塚本邦雄の代表作となった短歌も、この映画に源泉があるとされる。

馬を洗はば馬のたましひ冱ゆるまで人戀はば人あやむるこころ　『感幻樂』

塚本邦雄は、「白い馬」を観た直後から、短歌に詠もうと試行錯誤していたのだが、「白い馬」でなく、「馬」と一般化することで、彼の生涯の代表作が得られたのである。『贖罪帖』と『篠懸帖』は、第二歌集『裝飾樂句』に収録された療養短歌の膨大な裾野を示している。これらを読んでいると、塚本邦雄の短歌の原質が見えてくる。第一歌集『水葬物語』の物語性や幻想性とは、かなり違う。自分の目に映る現実世界の醜悪さを、克明に描写することに、意を用いている。戦後日本の醜さを写実的に歌うことが、その裏返しとして、作者の理想とする「美しい国家」を幻想的に浮かび上がらせる。美を歌うためには醜を直視せねばならない。幻想を輝かせるためには、現実を定着しておかなければならない。それが、『贖罪帖』と『篠懸帖』の世界であり、第二歌集『裝飾樂句』と第三歌集『日本人靈歌』の世界だったと考えられる。

検印
省略

令和三年二月三日　第一刷印刷　発行

塚本邦雄全歌集5

定価　本体二八〇〇円
（税別）

著者　塚本邦雄

発行者　國兼秀二

発行所　短歌研究社

郵便番号一一二―〇〇一三
東京都文京区音羽一―一七―一四　音羽YKビル
電話〇三（三九四四）四八二二・四八三三
振替〇〇一九〇―九―二四三七五番

印刷者　豊国印刷
製本者　牧製本

ISBN 978-4-86272-555-4 C0092 ¥2800E